JN189794

ハイチ女へのハレルヤ

ルネ・ドゥペストル

ハイチ女へのハレルヤ

立花英裕・後藤美和子・中野茂　訳

水声社

フィクションの
楽しみ

目次

ハイチ女へのハレルヤ　11
山のロゼナ　45
ジョルジーナの水浴　81
白い影のニグロ　95
ナッシュビルへ向かう救急車　109
地理的放蕩学の回想録　119

夕立　145
ティスコルニアの婚礼　153
ご挨拶　189
ジャクメルへの帰郷　205
訳者あとがき　225

ハイチ女へのハレルヤ

そして、あの存在が、口を曲げて、意味もなく聞かせる叫びは、
際限のない沈黙の中に消えていくハレルヤである。
——ジョルジュ・バタイユ

第一の歌

金曜の晩、ザザ叔母さんが家に来て夕食を共にした。叔母さんはふくれっ面をしていた。その週は誰も別荘生活のお供をしてくれなかったのだ。不機嫌な顔になると叔母さんの魅力が増すので、不意に私たちの粗末な夕食が宮廷の宴会みたいになった。私は目をこすった。ワイングラスがバカラグラスになっている。お皿はセーヴル焼き、ナイフとフォークはきらきらする銀食器。ナプキンはオービュッソン織で刺繍がされている。水道の水を飲んだのに、シャンパンの味がする。パンはすてきなチーズの味がする。魚のクールブイヨンは三つ星のレストランの香り。部屋はランプではなくて、ザザ叔母さんの金粉の混った緑色の瞳に照らされていた。

私の目は、つい叔母さんの胸元にいってしまう。

「オリヴィエはどうして一緒に行ってくれないのかしら」と叔母が言う。

母が言い訳をした。

「オリヴィエは宿題があるのよ。それに海に行くと向こう見ずになるんですもの。いつもみんなよりも沖の方まで行こうとむきになるからね。あの湾には鮫がうようよしているのよ。あっというまに食いつかれてしまうわよ」

父があきれた顔をした。

「おまえはいつも大げさだな、アニェス。オリヴィエは近頃品行方正になったよ。ザザと一緒なら事故なんか起こるもんか」

母は観念した顔をした。

「いいわ。でも、なにか起こったらあなたの責任ですからね」

「山の空気を吸った方が体にいいわよ。この子はいつも本の中に埋もれているからね。オリヴィエ、いいね、あまり沖まで泳いじゃ駄目よ。約束するわね」と叔母が言った。

私は返事をしようにも声が出なかった。しかたがないから、首を縦に振って返事をした。

叔母のイザベルが畳みかけるように言った。

「一番いいのは、別荘でお泊まりすることよ。そうすれば、夜明け前から馬で出かけられるわ」

「それもいいわね」と母が言う。父は得意そうな顔をした。私が親戚一番の美人と一緒に出かけるのを見たいのかもしれない。

ジャクメルの人々が彼女の美しさを語るようになったのは、彼女が十三歳になるかならない時だった。三年後にはポルトー・プランスから人が来て、カーニヴァルの女王になってほしいと頼み込んだほどである。山車が進んでいく間、首都の男たちも女たちも彼女の美しさにすっかり熱狂した。爪先から頭のてっぺんまで人目を惹きつけるイザベル・ラモネは、こう言っているようだった。「私をよく見てごらん。こんな人間が前を通るのを見るのは一世紀に一度あるかないかかもしれないわよ。この体の高貴な形は目の眩むような人類の冒険そのものなのよ」

イザベルの山車が通ると、群衆の興奮は極限に達し、謎めいたことが起こった。一人の青年が女王の微笑んだ目と目を交わすと、一息で街路の椰子の木によじ登り、上から深手を負った動物のような奇声をあげたのである。逞しい農夫だったが、しゃがれた声でこう叫んだ。「君がキスを投げてくれたら、君に片手を捧げる！」すぐさまイザベルが女王席の高いところから見知らぬ男にキスを投げ与えた。男は約束通りにポケットから小刀を取り出すと左手首を力任せに切りつけた。それから切り取った手をイザ叔母さんの足元に投げつけた。女王の衣装の裾に生血が飛び散った。気のふれた男は目立たないように取り押さえられた。そして、祭は中断されることなく狂乱の度を高めていったのである。

カーニヴァルが終わるや、彼女に結婚を申し込む男がひきもきらなかった。彼女は優雅な微笑みを浮かべて男たちの申し出を断り、まっすぐジャクメルに戻った。ハイチの南西にある小さな町の入口には凱旋門が彼女の帰還のために設けられた。翌朝、地元の新聞には、「千一夜物語のプリセンスが華やかに凱旋」と大きな見出しが出た。それから一年して、彼女はコーヒーの輸出業者の息子と結婚したが、ほどなくして夫はオードバイの事故で亡くなった。

妙な噂が流れた。ダニエル・ロクロワは、妻の腕に抱かれた時に罹患した不思議な病気のせいで亡くなったというのである。イザベルを抱く度に彼の生殖器がみるみる小さくなっていった。ある朝、目覚めると彼は自分のセックスが消えてなくなり、睾丸が半分だけ残っているのを見いだした。それで頭に弾丸を打ち込んで自殺したのである。医者はこの馬鹿げた浮言をきっぱりと否定した。というのも、メイエールに行く道路にある一本の木の根本で、バイクの残骸と共にロクロワの体がちぎれて散らばっているのを見たのである。

若い未亡人の窓の下に再び言い寄る男たちが集まってきた。彼女は、吐息を吐く男たちに再婚する気がさらさらないことをあからさまに示した。どんな招待にも応じなかった。彼女のために特別に催されたパーティーだろうが、乗馬だろうが、手元に届く、彼女の名を織り込んだ句や詩や恋文だろうが、ヴァンガ［ここでは呪術的作用をもつプレゼント］だろうが、血の気の多い田舎の謀略だろうが全く意に介さなかったので、しまいには町の謎めいた花の図柄のようになってしまった。彼女は、アルム広場の古い木にも似て、町の風景の一部になってすっかり溶け込んだ。砂浜に座礁して水に浸かったアルバノ号の錆びた船体、でなければラ・グロスリーヌ川のようなものだった。
そんなわけで、イザベル・ラモネがジャクメルを離れて、ヨーロッパに数カ月の旅行に出たとき、彼女の不在をさびしく思うのは身辺の者たちだけだった。帰国後も『ヌヴェリスト』紙に載ったあの暴露記事さえなかったらなにも変わらなかっただろう。

相も変わらぬ美貌のイザベル・ラモネ、一九三七年のカーニヴァルの忘れがたき女王はヨーロッパで映画出演をある演出家から依頼されたが、体よく断った。彼女には、南西部の故郷の町に戻る方がよかったのである。田舎町の退屈な生活が重くのしかかる晩がいつの日か来ることだろう。その時こそ、彼女はこのような栄光に背を向けたことを苦々しく後悔するだろう。イザベル・ラモネは間違いなく、彼女の小さな祖国に、新たなグレタ・ガルボの栄光を引き寄せる唯一の機会をみすみす逃したのだと、あえて書いておきたい。あてにならない希望とはいえ、我々に言わせれば、彼女がいまから翻意しても決して遅過ぎはしない。それは、本紙に投稿した数千の賛美者が表明した彼女の美貌の未来への祈願でもある。

ザザ叔母さんは、そんな騒ぎに軽蔑の眼差しを注いだ。帰国後に囁かれた罵詈雑言も気にかけなかった。賛美だろうと嘲りだろうと、どうでもよいことだった。彼女には、ロクロアが亡くなった後に手に入った遺産があったのである。彼女はジャクメルに最初の映画館を建てた。そのスクリーンで、私は『花咲ける騎士道』〔ルネ・ルプランスの無声映画、一九二五年〕、『アドリア海の復讐』〔ジュール・ヴェルヌ原作の無声映画、一九二一年〕、チャップリンの映画、その他数多くの無声映画を観たのである。

噂によれば、彼女が映画館にお金を投じたのは、パリで彼女の恋人だった高名な俳優の想い出のためだった。恋人は彼女を捨てて、スカンジナヴィアのスターと一緒になったと言う。その男優は運がよかったと言いそえる者もいた。いつまでも彼女に夢中になっていたら、ヨーロッパのどこかの道路で事故死を遂げたろうというのである。あんな美女は大いなる不幸しか引き起こさないのだ。映画館建設に投じられたお金の出所は魔術によると囁く者もいた。庭で見つかった埋蔵金なのだが、穴を掘ったのは、イザベル・ラモネの母親、つまりセザール・ラモネ将軍の未亡人だという。ルイ金貨や銀食器が詰め込まれた幾つもの瓶が掘り出されたという話だが、なんだかスキャンダルの臭いさえ漂ってくる。

ザザ叔母さんがよく田舎に行くのは、ジャクメルの陰口から逃れるためだった。彼女の所有になる農園は「魔の山」と呼ばれ、海を見晴らせる断崖の上にある台地のことだった。彼女は週末をそこで過ごすのが常だった。決して一人で行かなかったのは、口が悪い人々が、映画館のお金と同じようにあるはずもない穴蔵から恋人を引き出して、醜聞が捏造されるのを防ぐためだった。それでいつも女友達か母親と連れ立っていくのだった。

私の家では、イザの神話は彼女の肉体的魅力だけに与っているのではなかった。彼女の細やかな気遣い、人のよさ、気取らない態度、恵まれない人々への寛大な態度をいつも褒めそやさないではいられなかったのである。彼女はなにかと便宜を計り、気配りをするが、決して見返りを求めなかった。美貌の女性にありがちな怒りっぽさや、気まぐれ、高慢な態度、甘え、奇抜な態度とは無縁だった。といって、彼女は決して聖なる化け物ではなかった。「おそろしく優しい心をもった剣」と言ったのは、父の友人だった。

お気に入りの甥だった私にとっては、ザザ叔母さんは、思春期の夕刻をうっとりとさせたスクリーンと切り離せなかった。彼女はすばらしい映像の配給者だった。よく彼女は狭いホールに入ってきて私の脇に座った。叔母の気配を感じると、映画に別の地平線が加わった。あの、人を夢見させる物語を繰り広げる映写機の光線の束は彼女の肉体から放たれていると、私は、長いあいだ思い込んでいたし、そういう想いを振り払おうとも思わなかった。だが、十五歳になると、私はザザを現実の生身の人間として眩しい目で見るようになった。

暗がりの中で叔母さんの脇に座っていると、私はスクリーン上の物語も上の空になって、私の存在を別のやり方でどぎまぎさせるもう一つの映画が見えてきて私の血を騒がすのだった。イザは無造作に私の髪の中に手を差し込んだり、首やむき出しの脚をつたわせたりするのだった。そんな風に注がれる叔母さんの愛情に私の体は、頭のてっぺんから足の爪先までカラカラになるのだが、叔母さんはそんなことお構いなしだった。激しい嵐や大地震を事前に感知する動物がいるが、それと同じように、私は女としての彼女を意識するようになったのである。

第二の歌

その晩、私は簡易ベッドに寝た。叔母の部屋に隣接した寝室だった。「早く寝ましょうね」と、叔母が私の額に慎ましやかなキスをしながら言った。私は寝つけるような状態ではなかった。内部に予感のようなものが立ち昇ってきて、血管が破裂してしまいそうだった。

町を後にした時、あたりはまだ真っ暗だった。叔母は私の従姉妹でありながら、余所の国の姫でもあった。私はといえば、彼女の王国のふくよかな眠りを横切っていく若君なのだった。二時間近く、互いに息を合せて馬を疾駆させた。ザザは巧みに馬に跨がっていた。いかにも得意気な顔を見せていた。微笑みを湛え、風に髪を靡かせ、背筋はまるで空に向かって飛んでいくかのように伸びていた。私は彼女の馬がうらやましかった。赤栗毛のサラブレッドだったが、背中に町一番のスターを乗せているのを知っているかのようだった。山に着くと、私たちは、農園を管理している農夫に馬を預けた。

「これは、これは。こんなに早くいらっしゃるとは」とロドランが言う。

「馬を飛ばしてきたのよ」と叔母は言い訳がましく言った。

「オリヴィエ様はもう大人ですな」とロドランが目を細めて言った。

「海で無茶しちゃ駄目よ」と叔母は言ったが、すぐにはしゃいで「今すぐ行こうかしらね」と私を誘った。

数分後、二人は山羊が通う山道に入っていった。トウモロコシとサツマイモの畑の間を螺旋状に曲がりくねった道を辿っていくと、不意に切り立った岩の上に出た。鋭く突き出た岩角に太陽が反射して、蜥蜴のようにギラつく光を放っていた。まるで生きものを思わせる岩肌の急斜面を二百メートルほど降りていくと、道は何ごともなかったかのように穏やかになり、白い滑らかな砂浜に沿って延びていった。イザベルは急な下り坂では平衡を失うまいと私の肩に寄りかかってきた。私は水着姿のイザベルをまともに見ることができなかった。彼女は砂浜に着くや、真っ先に海の方へ駆けて行った。私の頭の中には妄想の嵐が巻き起こった。妄想は渦を巻いてハリケーンの暴風に襲われたバナナの葉のように千切れていった。私は、逃れ去る女性の律動に全身をぞくぞくさせるためにこそ生を授かった男なのだ。女性の体は、腺繊維や、筋(すじ)、皮膚、神経、筋肉が、非の打ち所のない叙情を湛えた丸みと見事に調和した輝きの中に弧を描いていていた。私は彼女の跡を必死に追いかけた。私が波打ち際にたどり着いた時、彼女はすでに腕で水を切って泳いでいた。私は、彼女が立てるしぶきに向かって身を投じた。彼女の足から一メートルもないところまで迫ると、彼女は不意に身を翻して、素っ頓狂な声をあげた。「鮫よ！　オリヴィエ。私たちに気づいた鮫がいるわよ」私たちは陸に向かって無我夢中で泳いだ。砂浜にたどり着くと、大波によろめいた。私たちは息を切らして砂に倒れこんだ。口もきけずに笑いながら、お互いを見つめた。

「気持ちがいい水ね。そう思わない？」

「最高だよ」

「来てよかった？」

「よかったよ、イザ叔母さん」

「ほんとに大きくなったのね」

「……」

「私より背が高いわ」

「そんなことないよ」

「そうよ、私と賭けるつもり？」

二人は飛び起きて背丈を比べた。彼女は私よりわずかに高いくらいだった。彼女は三十二歳。私はその半分だった。

「ほんとに、いつのまにか大きくなったのね、オリヴィエ」

「……」

「生まれた時のことを昨日のように覚えていてよ。逆子で、足から生まれたんだから。出てきて五分と経たないうちに笑っていたわ。私が最初に抱いてあやしたのよ。そして、私と同じ緑色の目をしているのに気がついたのよ。笑い声を上げて、手足をばたばたさせていたわ。まるで生まれてきた世界に陽気に挨拶しているようだったわ。それで、オリヴィエという名前にしましょうと、私が言ったのよ」

「どうしてオリヴィエってつけたの」

「昔はね、知恵と栄誉のシンボルだったのよ」

「でも知恵なんかないし、栄誉を授かってもいないよ」

「年の割りにはお利口よ。それにいまに栄誉を獲得するわよ」

「イザベルっていうのは何のシンボルなの」

「ミルクコーヒーの色よ。私のようにね。イザベル色のドレスとか、イザベル色の馬とか言うのよ」

「同じ名前の名高い女王もいるよね」

「そういえば、面白い話があるわ。昔、あるオーストリア皇女がいてね。彼女の夫がベルギーのある町を兵糧攻めにしたのよ。それで皇女は、町が陥落するまでは下着を換えないと誓いを立てたの。包囲は三年間続いたんですって。それ以来、皇女の希望がかなった時の下着の色を彼女の名前で呼ぶようになったの」

　朗らかな陽光が降り注いでいた。遠くに漁船が浮かんでいた。空と海がどこまでも空と海を演じていた。二人は面白い話をしては笑い声をあげた。何度も波しぶきをあげて海に飛び込んだ。十一時ころ、農園に戻る道を辿った。着いた頃には、二人は汗だくになり、唇は塩辛く、目がひりひりした。狭い通路を入っていくと、そこに泉が湧いていた。疲労のせいかイザの物腰が物憂げで、私はこめかみがちかちかした。

彼女の腰は美しくくびれ、尻は丸く豊かだった。腿と脚は鋼のようにすらりとして、非の打ち所がなかった。泉の冷たい水が私の熱気を冷ましてくれた。二人は家に入った。藁葺きのバンガローで、その薄暗がりに入ると、心が静まった。部屋が二つあり、ひろびろとした縁に囲まれていた。一つは居間で、もう一つが寝室。私はベッドが一つしかないのを見た。昔風のベッドで、驚くほど寝床が高かった。そのうち、イザが私にかまわずに水着を脱ぎ始めた。私の体が震え始め、歯ががちがち鳴った。胸の奥に痙攣のようなものを感じ、息が詰まった。私はあわてて部屋を出た。まもなくして彼女が出てくると、白いショートパンツに花柄のブラウスだった。彼女は輝いていた。

今度は私が着替えのために部屋に戻った。折り畳み式のベッドは見当たらなかった。部屋の真ん中にダブルベッドが一つあるきりだった。ということは、オーストリア皇女のベッドに私も入るということなのだろうか。枕は二つあるだろうか。否、一つしかなかった。私はベッドによじ登って、ぐったりと寝そべった。下腹の焼けつくような充血に耐えるため、枕を噛むしかなかった。

それから私は園亭をくぐって行くと、彼女は昼食を用意していた。炭火のレンジから、オリーブ・オイルで料理された鱈のフリカッセの芳しい匂いがたち昇っていた。叔母が種を取ってはフライパンに投げ込むピーマンが大きな音を立てていた。

「お腹が空いたでしょ、モンシェリ。お昼の用意ができたわよ。メニューはね、ピーマンを添えた鱈に、油であげたバナナ、それからアボガドと茄子。飲み物は自家製ポンチよ。ロドランがデザートの果物をもってくるって」

テーブルにつくと、食欲が募った。そこにロドランが入ってきた。手にもった籠の中にオレンジ、グレープフルーツ、カシューナッツ、カボチャ、クネップ〔ハイチの果物〕の房がぎっしり詰まっていた。

「あらあら、私たち、すっかり甘やかされているわね」

「今年はパパイヤが駄目でしてね。実をつけてくれないのです。パパイヤがお好きなのは存じあげているのですが」

「どうもありがとう、ロドラン。私もあなたにプレゼントを持ってきたわ」

叔母は立ち上がって奥に入っていくと、赤いスカーフを手に戻ってきた。

「これはこれは、恐縮でございます。ちょうど、赤いスカーフがほしいと思っていたところでした。それで〈鉄破り〉将軍をくるんで、日曜日の試合に行きたかったのです。わしの考えを見抜いていらっしゃいますな」

「あなたの闘鶏はあいかわらず強いの」と叔母が尋ねた。

「強いなんていうもんじゃありませんよ」

「雄鳥の勇士ね」と叔母が笑いながら言った。

私たちは、〈鉄破り〉将軍の勝利を祈念して乾杯した。

午後は、農夫の案内で農園を散策した。少し歩いてはまた立ち止まって、ロドランが栽培している植物の説明や、彼が飼っている動物たちの生い立ちを聴いた。農村の守衛や農園の地主が不正のかぎりを尽くして、きまって地元の農民たちが犠牲にされているという話をした。

午後も遅くなってから、私たちは砂浜に戻った。海はまだ生温かった。私たちは何度か泳いでから、高台に戻った。泉は日没の後はひんやり冷たかった。いつのまにか日が暮れていた。ハイチの土曜の宵が広がっていた。丘という丘から肉を焼く煙がたなびき、あちこちからタムタムの音が互いに応えるように響いていた。大きな樹木からは眠りに就く支度をする鳥たちが囀っているのが聞こえた。カンテラに火をつけて、果物で簡単な夕食を済ませた。それから、ベランダのロッキングチェアに身を沈めた。叔母は私の勉強について聞いてきた。私はバカロレアに受かったら医学を勉強するつもりだと答えた。叔母は、人生で悔いていることの一つは、大学に行けなかったことだと打ち明けてくれた。ヨーロッパ旅行の話もしてくれた。ハイチとはまったく異なる世界だった。人々は二十世紀を生きていた。ハイチから来た者にとっては、パリやロンドンはあんぐり口を開けたままになるようなところだった。しかし、大都市の光輝は、外見ほどには晴朗ではなかった。ロドランが来たので、私たちの会話はそこで途切れた。

ロドランは小太りの小柄な男だった。おしゃべりで、よく人を驚かせることを言う。目鼻立ちは険しかったが、目は笑っていて、顔の残りの部分を馬鹿にしているようだった。とりわけ昔話を始めると、そんな顔つきになった。彼はベランダに座るや、いきなり切り出した。

「クリック……」

「クラック」

イザ叔母さんが調子を合わせて答えた。

ロドランが続けた。

「むかしむかし、あるところに若い娘がいました。彼女は川の魚に恋をしていました。恋するあまり、魚がいる川の畔に座って毎日毎日過ごしました。だから、好きな仕事は洗濯でした。洗い物がない時にも、まるで休みなく彼女の情熱のシーツを洗っているかのようにいつまでも川辺に座ったままでした。時々、ジン・テジンが眩しそうにヒレを水の外に出して、ロヴェナと合図を交わしました。

だが、娘と魚は清らかな水と情愛だけで生きていたわけではありません。ロヴェナはよく服を脱いで川に飛び込み、ニグロの雄魚と一緒になりました。ジン・テジンは愛するロヴェナの夜闇の中にその弓を張りました。

ある日、父親は、娘が家になかなか戻ってこないのを怪しみ、川の近くの茂みに身を隠して、娘の秘め事が何であるかを突き止めました。父親は素知らぬふりをしていました。彼はうまく口実を設けて、娘を数マイルも離れた市場にやるようにして、農園から遠く離しました。

ある朝、父親はロヴェナが出かけると、川の方に向かいました。彼は娘が使っていた合言葉を暗唱できるようになっていました。それは、彼女のプリンスが安心して姿を現せるための合図でした。父親は、ロヴェナの声を真似てみました。図々しい魚に対して神秘的と言ってよいほどの憎悪を抱いていたのです。魚を始末できると思うだけで喜びがこみ上げるのでした。しばらくすると、魚が欲望に身を震わせて、川面よりも一メートル以上も高く飛び上がりました。魚は、数日間、恋人の生きた肉体の中に身を埋めていなかったのです。ロヴェナの父親は、ここぞとばかり棍棒で魚の頭に激しい一撃を食わせました。ジン・テジンは真っ逆さまに落ちました。

ジン・テジンはある日、ロヴェナにこんなことを言っていました。万が一にも不幸が彼に起こったら、彼女がどこにいようとも、左の乳房の先に血の滴が垂れて知らせるだろうというのです。ジン・テジンが川の底に突き落とされ息絶えたとき、ロヴェナは市場にいましたが、左の乳房から血がどくどくと流れ出しました。娘は気が狂ったように川に向かって駆け出しました。川に着いてみると、ジンが叩き落とされたところが真っ赤に染まっていました。ロヴェナは声を出しませんでした。ただ、家の方向に向かって歩き出しました。父親は敷居の上にいました。

『お父さん、私の恋人を殺したの？』

『魚ごときに心を許すなんて恥ずかしくないのか、尻軽女め』

彼女は身を捩るようにして、父の言葉を遮りました。

『あんたなんかと、この世のなにがよいことで、なにが悪いことかを議論するつもりはないわよ。ジン・テジンを殺したのがあんたなのかどうか、その返事をききたいのよ』

『その通りだ。棍棒の一撃でな、あのろくでもない魚に思い知らせてやった。川の底に……』

父親は言い終わらないうちに、斧の容赦ない一撃を喉元に受けました。ロヴェナは、父親殺しの刃物を投げ捨てると、川に行く道を急ぎ足で引き返していきました。そして岸辺の日の当たる草むらに座ると歌い出しました。

ジン・テジン私の狂ったお魚ジン（繰り返し）
川の主よ
私の狂ったお魚ジン
私の太股の王子よ
私の狂ったお魚ジン
私の苦しみの王よ
私の狂ったお魚ジン
私の血の司祭よ

私の狂ったお魚ジン
私の哀れな恋人よ
私の狂ったお魚ジン
ジン・テジン私の狂ったお魚ジン（繰り返し）

ロヴェナの家族は木の茂みにしゃがみ込んで、生きた心地もなく、一部始終を見ていました。若い娘の声は、絶望をなんとも切ない旋律に乗せていたので、誰一人、口をきく者も、身動きをする者もいませんでした。そこに来ていない者は一人もいませんでした。母親、兄弟、叔父、叔母、祖母、みんな、口を開けたまま、その陰に身を隠している藪よりも静まり返っていました。ロヴェナは冷酷な空を映した川を一心に見つめながら、声をかぎりに恋人の魚の不幸を歌っていました。それから、娘は別離の嘆きを口ずさみながら、静かに流れの中に入っていきました。娘の姿が見えなくなっても、その声が水の上になおも漂っていました。いまでもその声が水面に漂う晩があり、それを聴く耳をもっている人たちがいるそうです。彼らは、正しいのか、間違っているのかはともかく、次のように信じているのです。岩と、木々と、人間存在の間には決して切り離すことのできない連帯の絆があるという信仰です」

ロドランは、ハイチの古い叙事詩（ロマンセーロ）から他の物語も話してくれました。しかし、ジンとロヴェナの恋が一番私たちの心を動かしました。私たちが心ゆくまで物語を聴いた後、イザベル叔母さんはロドランに言いました。

「だいぶ夜が更けたわ。そろそろ寝ましょう。ロドラン、どうもありがとう。すばらしいお話だったわ」

「おやすみなさい、お嬢様」と男が言った。

「おやすみなさい」

第三の歌

イザは私より先に寝室に入っていった。私が中に入ってみると、もう寝間姿だった。私は、まるで十六世紀の鎧を脱ぐかのようにのろのろと服を脱いだ。叔母がベッドに入ろうとしてランプの前を通ると、体の線がくっきりと浮んで見え、私は文字通り息を呑んだ。私はパジャマのまままるで何かを待っているかのように部屋の隅にしばらく佇んでいた。

「窓を開けてちょうだい。ランプを消して、さっさと寝るのよ」と彼女は言った。

私は言われた通りにした。シーツが冷たくて心地よかった。私の体は熱っぽく、息が苦しかった。

「おやすみ、坊や」

「おやすみなさい、イザ叔母さん」

叔母はすぐに寝入った。私は目を見開いたままだった。少しずつ、部屋の暗闇に慣れてきた。物の深い輪郭がはっきりと見えてきた。窓からはそよぐ木々と星空の一画が覗かれた。星でもよければ、樹木でも魚でもよかった。この恐怖にすくんでいる動物、私のプリンセスと背中合わせになっている私以外なら何でもよいから他のものに生まれたかった。次第に、私は自分の身体に彼女の存在が入りこんでくるのを感じた。彼女の血が流れ込み、不思議な輸血によって私の血管の中を巡り始めた。そうして、彼女という麻薬に酔ったように私は深い眠りに落ち込んでいった。それから、深夜の冷たい海風に目が覚めた。私はぬくもりを求めて寝返りを打った。

「寒いの？　私もよ」とザザが言った。

「窓を閉めるよ」

「駄目よ。息苦しくなるわ。私の方に来なさい」

私は彼女の腕の中にいた。

私は彼女の腕の中で呆然としていた。

私は、ザザの目覚めた腕の中でまだ死んではいなかった。

「ほら、今度は温かいでしょう」と、しばらくしてから彼女が言った。

私は口がきけなかった。抱きしめているとは思わなかった。勃起しているとは思わなかった。

なにもかも上の空だった。私はただただ途方に暮れてザザ・ラモネの上に乗っていた。

「私はおばさんなのよ」

「……」

「セックスをしたことあるの」

「うん」

「誰と」

「ナディア」

「ナディと？　まさか。どこで？　いつのこと？」

「去年。メイエールで。夏休みの時だよ」

「なんどもしたの」

「毎日。夏の間ずっと」(私は誇張して言ったわけでない)。

「姪を生娘とばかり思っていたわ。この子は幼い坊やと思っていたわ。いつから私が欲しくなったの」

「今朝、砂浜でだよ。昨日の夜、家でかな。本当を言うとね、ずっと前から。赤ん坊の時から。叔母さんがつけてくれたオリヴィエという名前にふさわしくなりたかったからかも」

私の中に朗らかな自信がわき上がってきた。私はザザの上に乗っていた。命と命がぴったり重ね合わされていた。私たちの手はまるで私たちとは別の生き物のように折れんばかりに互いを握りしめていた。

「くそまじめなお利口さんだとばかり思っていたわ」

「……」

「私の狂ったお魚ね」

「叔母さんのお父さんに棒で殴り殺されるよ」

「でも、これは作り話ではないのよ」

「そうか」

「ずいぶん強い子ね。まるで……ちょっと待って。上を脱ぐから。ああ、いいわ。私の体の隅々までがいいわと言っているわ」

私の十六年が彼女の唇を奪った。最初、彼女の舌と歯は私のキスに引き攣っていた。そこで、私は唇を半開きにして、やさしく熱く唇で撫でた。彼女の目を、耳を、首筋を、こめかみを、肘を。指先は口に含んでから甘く噛んだ。それから、もう一度、唇に戻って思いっきり奪った。その間、私の掌は、飼い馴らされた蟹の形に開いて、彼女の下腹や脇腹を隈なく探った。

私は愛撫を重ねるにしたがって少しずつ彼女を識っていった。彼女も半開きにした唇で、私をこまやかにまさぐった。肩を、胴を、下腹を、全身をつぶさに、セックスまで。私は彼女の足に火をつけた。ふくらはぎに、膝に、太腿に、豊かに盛り上がった恥丘に。それから、私はじっくりと時間をかけて、彼女の豊かで、丸い、引き締まった尻をまさぐった。それは、私の愛撫に応えるかのように二つの光源を備えた灯台となって回転した。同じように、乳房に触れた。すると、ザザという見事な宇宙を縮図にして映し出した世界のようにその一つ一つが私の方に突き出された。にわかに、私は渇きを覚え、体を熱くさせて彼女の美貌の生々しい泉を直に探し当てた。私の舌は先を尖らせて、膣の光り輝く時刻を確かめた。セックスに添えられたクリトリスの柔らかい震えを突き当てた。陰唇はしっかりと彫られ、味がよく、果物のようにさわやかで、心の昂りに応えて熟れていた。その豊かな裂け目に、私は差し込まれていた。それは、私がよく味わえるように贅沢な果実になって口を開けていた。生糸のような肌触り、深く湿ったまなざし、ビロードの歯、美しく歯応えのある唇のくっきりした形、突き出たこめかみが第二の顔を作り、律動に震え、楽しみ、味わいと美、悦び、人としての壊しがたい優雅さを恍惚と露わにしていた。私は泉に渇望を心ゆくまで充たしてから、私の唇に頷いてみせる、彼女の唇に戻った。私たちのセックスは互いに貪るように重なり、燃え上がり、一方が他方を疾駆させ、一方が他方の内部を航行し、夜が流れる中で幾度となくオルガスムに達しては互いを受け入れ、嬉々として生きるのだった。私たちの目は眩み、存在のめくるめく境界へと投げ出された。

外の木々にとまった雄鶏の声とともに暁の光が滲んでくると、裸のまま砂浜まで駆けていきたい気持ちにとらわれた。

　断崖の下まで降りると、また血がたぎった。冷たい砂の上を波打ち際まで転げて行き、潮流の中で再び、奇数の数字の上に夜を閉じるために、生命に、その塩を、そのプランクトンを、その返り波を、その秘密の道具と臼を授けてくれるように頼んだ。海の中の交接は私たちに名も失った無数の律動との共振を引き起した。それは、アダムの神話よりも、キリストの磔刑よりも古い時間を蘇生させ、ザザを、そして私を一つの宇宙的呼吸にした。それから私たちは、明け方の冷気の中の心地よい疲労になって砕け散った。

　意気揚々と農園に帰った。私たちのけだるさが大きな笑いになって弾けた。私たちは、やったことに至福を覚え、日曜日がそのハイチの両腕を私たちに向かって優しく開いている中で生きていることの至福を覚えていた。正午まで眠りこけた。目が覚めると、体に力がみなぎり、猛々しい空腹が襲ってきた。それからまもなくすると、私たちは昼の食事を前にして座っていた。親切にもロドランが準備してくれたのだ。唐辛子で味をつけた鳥の焼き肉、熟したバナナ、魚のフリッター、焼いたサツマイモ、茄子とトマトのサラダ、小豆入りのご飯、ココナッツの汁、塩味の牛肉、パイナップルとスイカの切ったもの、飲み物は、私たちの最後の眩暈にふさわしい山のポンチ。

　食卓はベランダの上にしつらえられていた。海からは熱い風が吹き上がったが、ザザの白いスカートが昼下がりをさわやかにしてくれた。食事の間、誰も口をきかなかったが、お互いうっとりした気分に浸っていた。私は皿から目をあげると、愛する女の目の中に昨夜の甘い時が今は金粉を撒いたように七色に輝いているのが見えた。食事の後、私はイザが食器を洗うのを手伝った。それから、食後の散歩に出た。

海は私たちの目の前に数キロメートルにわたって白いレースを編んでいた。いたずらっぽい波が間隔をおいて底から押し上げてきて、大きな泡沫の花を高々と咲かせていた。ザザは私より先に小道を進んでいた。私の前で肉感豊かに波うっている彼女を見ているうちに、女性の肉体を蔑む者たちを皆殺しにしたいという怒りがこみ上げてきた。女性の魅力を過失や悪に閉じ込めてしまうことを思いついた預言者たちはどこに葬られているのか。私は、復讐心に満ちた野蛮な検事たちの墓にダイナマイトを仕掛けてやりたかった。彼らは、しつこく長い時間をかけて、女性の肉体の韻律を季節や樹木、風雨そして海の韻律から引き離そうとしてきた。ザザが太陽の下でその官能的な波の輪を広げ、果物の丸みを帯びた肉体、耕されるのを待っている良き土地の球体的性格を備えたお尻を波うたせて歩いているのを見ながら、私は、救済の宗教によって女性の生殖器の回りにかきたてられた恐怖と嫌悪のことを思った。

大多数の言語において、女性のセックスを指すのに、もっとも汚らわしい語が用いられるのではないだろうか。どこに行っても、同じ野卑な言葉を膣に対して侮辱的に浴びせ、不名誉なものにしているのではないか。コン、クント、ココ、プッシー、ボヒオ、ポーラ、コーニョ、トワットなどなど。よくこんな言葉が聞かれるではないか――「あいつは汚らしいコンだ」とか、「あいつの母親のコーニョ」だとか、「コランゲッテ・ママンヌー」とか、「ランビ・ブンダ・ママンヌー」とか。イザが午後を楽しんで歩いている傍ら、私は、私の生命から陰鬱で嫌悪を催させる神話をナイフでえぐり捨てていった。そのセックスを人間関係のもっとも汚らわしいものの筆頭にすることによって女性を辱め、闇に満ちたものにする神話を。

断崖の淵に来ていた。そこにはココヤシの林が茂っていた。そこからは、ジャクメルの湾が一望できた。

「この辺りに座りましょうよ」と、ザザが木の幹を指さして言った。

私たちは互いの身体を押し付けるようにして座った。一筋の皺もない午後。空も海も滑らかだった。私の目に映るザザの生命も滑らかだった。沖に漁船が静止していた。鳥の群れが完璧な秩序をなして飛翔していた。空と海の間で、唯一動くもの。私たちの思い出が、宵の巣を求める未来の鴎のように内部に広がっていき、喜ばしいことに、湾曲した海に釣り合う広大な信頼感を開いていった。私たちの沈黙の時間は、昨夜の行為と同じ質感を漂わせ、それは私たちを待っているものの質感でもあった。

海は少しずつ光を消していき、巨大な陰の中に漁船を、砂浜を、断崖の尖った縁を、空を、椰子の列を、そして私たちを引き入れていった。星が一つ現れると、まもなく数千の星があとに続いた。バンガローに帰る頃合いだった。手早く夕食を済ませた。山羊の乳と果物のサラダだった。それから灯を消しもせずベッドに飛び込んだ。部屋の明かりにも増して輝いている裸のイザに向かって、私は、彼女が山道を先に歩いていくのを見て思ったことを話した。一点の恥じらいもなく、気高い飾り気のなさの中で、彼女は両脚を開いてくれた。私が十六年の生硬な言葉で彼女のセックスの輝きを讃えるためだった。

ハレルヤ、御身を讃えん、生命の脈動よ。

ハレルヤ、女性の夜の中でじっと耐えている喜びの腺よ。君に挨拶を送り、ひれ伏す世界の人々の前に差し出そう。君への愛のためなら、私は砂漠であろうと、原生林であろうと横断することをためらわないし、火刑であろうと、電気椅子であろうと、ガス室であろうと、拷問室であろうと恐れはしない。私は、地球の街角という街角に君の反抗を建て、君の内に暗黒の幾何学を見ようとする者たちを改宗させ、君の栄光を認めさせよう。君は、私たちの宿命の上に光る天体でもなければ、神秘的な果実でもないのだ。

君は顕示台でも、汚水樽でも、悲嘆や破滅を撒き散らす者でもない。私は君の預言者でも、君の奴隷でも、君のマッチョでもなく、単に君に魅せられた男でしかない。そして、君という存在を生きた後は、君という律動が従う法が風を巻き起こす法でもあり、太陽が夜の後に現れる法でもあり、月と星々、雨と雪が地の穏やかな収穫物を約束する法でもあることを知らしめる男でしかない。

君を通して、生命の統一と絆が維持されている。たとえ生きとし生けるものが際限のない心的混沌の中で自己を見失っていようとも。

最後の歌

私たちの関係はたっぷり二年間は続いた。週末になれば山で落ちあえるようにうまく都合を合せた。私の勉強はそのために乱されるどころか、羽が生えたように高みに飛翔したので、両親も安心しきっていた。祖母が同行する時もあった。そんな時は私はベランダで折り畳み式のベッドに寝るようにした。祖母はある事故で片脚が半分麻痺していたので、砂浜に降りていく山道を辿ることができなかった。そこで、ザザと私は海の中でじかに愛し合うのでなければ、岩の窪みに隠れて愛し合った。私たちの不在が長引くと、セザールおばあちゃんは不機嫌な顔をした（祖母のセシリアが男の名前を持つようになったのは、イザベルの父、私の祖父でもあるセザール・ラモネ将軍が亡くなってからだった。ジャクメルの山岳地帯で農民反乱が起こった時に銃殺に処されたのである〔ハイチがアメリカ海兵隊に占領されていた時期の反乱を指す。ラモネ将軍は占領軍に抵抗した数少ない特権階級に属する軍人だったことになる〕）。セザールは、砂浜から帰ってくる私たちを探るような眼差しで見た。私たちは目をキラキラさせていたが、だるそうな物腰で口もきけなかった。嵐の後の樹木がそうなることがあるが、すっかり別の存在に変わってしまったかのようだった。だが、祖母は不審そうな顔つきでなにか呟くだけだった。それでも私たちは控え目に振る舞った。祖母の前では、相手を見つめないようにし、二人の仲を疑わせるような言葉や身振りを避けた。私はあくまで行儀のいい甥で、自慢の叔母さんのお供をしているだけだった。

時が経つにつれて、山荘で週末に逢うだけでは満足できなくなった。私は午後の終わりにリセを出ると、まっすぐ家に帰らず、よく彼女の家に立ち寄った。叔母は海岸地区の緑林の中に目立たないように建てられた別荘に住んでいた。家に着く前の最後の二百メートルが狭い階段を降りる道になっていて、ジャクメルの旧市街の魅力となっていた。後になって、私が外国の都市で同じような道を下るようなことがあると、たとえ午後の光に全身を包まれていても、あの爽やかな薄暗がりが私を満たすのである。ザザが素晴らしい裸で私を待ち受けていた、あの薄暗がりを。二人は一つの体になって堕ちていった。私たちは、この逢い引きを「哲学の補講」と呼んでいた。想像力と突拍子もない思いつきを競い合う日暮れどきの授業は、誰が先生で誰が生徒なのか区別がつかなかった。

ある十月の風の強い日、私がギリシャ語の本にかがみ込んで取り組んでいると、騒ぎたてる声が両親の家まで化け物のように登って入ってきた。パリジアナ館が火に包まれていた。ジャクメルの住民は皆先を争って火災現場に駆けつけた。私が駆けつけた時には映画館は湾の風に煽られて赤々と燃えさかっていた。イザの姿はなかった。どこに行ったのだろうか。まだ家にいるのだろうか。人々は口々に彼女の名を叫んでいた。町のうすのろがとうとう彼女を見たと言った。少し前に、ホールから声が聞こえると言って、脇の非常口から中に入ったという。火災が消し止められた後に、焼け跡から炭になった身元不明の形骸が引き出された。ブレスレットがイザベル・ラモネの遺骸であることを示していた。

翌日の午後、町中の者たちが墓地まで彼女のお供をした。葬列が長く続く間、彼女を愛した者たちの歪んだ口から、女王、人の鏡、絶世の美女という言葉が漏れていた。彼女が欲しくてたまらなくて陰口をたたき、嘲っていた男たちが虚ろな時間に落ち込んでいるのだ。今や山と積まれた薔薇の下で焦げた骨の塊にすぎなくなった彼女からどうすれば赦しを得られるのか分からず、途方に暮れた目をしていた。

それから宗教的な儀式が執り行われた。年老いたナレオ神父が、助祭にかしづかれ、荘重な葬儀の蠟燭や飾りに囲まれ、短い追悼の説教をした。私は耳を疑った。神父は、イザベル・ラモネが教区一の奇特な寄進者だと明かしたのである。彼女の魂もまた美しかったのであり、ジャクメルの守護聖人の聖ピリポや聖ヤコブでさえも、教会内で彼女を認め、声を聞いてからは以前と同じではなくなったとも言った。神父によれば、彼女の恐ろしい最期も、神がこの世から彼女を立ち去らせるために決めた偽装であり、新たな王国において彼女は本来の光輝をすでに取り戻し、朝の流水のように、かの贖罪者が浮腫んだ手足をさわやかにさせるにも似た美貌を失わずにいるのだった。

葬列がジャクメルを最後に巡るために歩きだすと、多くの男たちが滑稽にも先を争って、空になった鳥の巣よりも軽い柩を運ぶ手伝いをしようとするのだった。そしてまたたくまに、花もろとも柩が大地に呑み込まれた。

生きている者にも世を去った者にも早々と夕暮が訪れ、誰もが家路についた。町のスターを失った最初の晩だった。彼女の生涯、彼女の美貌、風、火、映画館と共に去った彼女が化した炭、夕食の時刻には、どの家でもザザが話題になった。

夕方の食卓に傾けている何千もの人々の頭の中で、私のファム＝ダルジャン〔「庭女」という程度の意味。著者の造語〕の思い出は、伝説、神話、感嘆の叫びが散りばめられた説話になっていた。ガラス箱の中に不幸によって閉じ込められた私は、それをなすすべもなく見ているしかなかった。

山のロゼナ

なんて美しいのだろう。山々の上、良き知らせを運ぶ使者の足は。

——イザヤ書

一

その年、私は聖職者になりたかった。召命は井戸の水のように、私の内部から湧き上がってきた。十一月のある放課後の午後、私は聖霊派の教育機関である小さなサン・マルシャル神学校の鉄格子の門を押した。ジェームズ・ミュリガン神父に面会したいと申し出ると、廊下で待つように言われた。神父はその日の授業をまだ終えていなかったのだ。このアイルランド人宣教師は知恵と学識があると町で評判だった。彼はミラクル通りの中学校で哲学を教えていた。私は暖かく迎えられ、自室に招かれた。部屋はラベンダー水と清潔なシーツの良い香りがした。壁は本で覆われていた。ナイトテーブルや祈祷台の上にまで、本がうず高く積まれていた。机の上には朝摘みのバラがノートと資料の山に彩りを添えていた。陽に照らされた木の枝々が鳥たちの詩情を窓辺に伝えていた。聖職者の部屋がこんな風だとは想像もしていなかったが、学究的な雰囲気と部屋の清潔さに私は畏敬の念を抱いた。

椅子に座るとすぐに、私は訪ねてきたわけを話し始めた。どうして教区付聖職者の所ではなく、修道会に出向いたのかを次のように説明した。私は、自分が一生の間、毎朝午前二時に起き、毎晩自分の棺の中で眠り、週に三言だけ口をきくように定められていると感じている。ラ・トラップ改革修道院に行くのが理想だが、この国にはトラピスト派の修道院がない。世界が涙の谷であるとしたら、ハイチは谷の中でも一番濡れている場所である。ハイチ人として生まれた私は、優しさも慰めもない土地にキリストの関心を引き寄せる唯一の方法を、聖性の中に見出すのだ、と。

私は一時間以上もこうした思いを熱く語り、顎が痛くなるほどだった。そんなにも強く心を打ち鳴らす呼びかけに応えるのは、素晴らしいことだとミュリガン神父は言った。南北アメリカにおける最大の不幸はハイチに生を受けることだという私の考えに、彼は同意した。私が極限的な苦しみと禁欲を求める理由を理解してくれたのだ。心は秩序壊乱的な炎に燃えているようだが、顔には子どもの純真さがまだ残っているとも言ってくれた。私の顔つきはとても生意気で、彼の目に、その年に彼が受け持っていた哲学クラスの若者たちの凡庸さとかけ離れて映った。幸いなことに、彼は私から輸入販売者や元老議員や政務次官の匂いを嗅ぎ取らなかった。

私は反抗心に駆られて、聖職という大いなる冒険に向かって明け方に出発しようとしている一人の召命者だった。神は自らの計画のため、優しさも光もないこの国に私という種を蒔いたのだ。話している時、アイルランド人の目じりの皺は喜びでくしゃくしゃになった。

「わが子よ、その召命の神秘と荒々しさを受け入れなさい。樹液の流れを速めてはだめですよ。聖性とは主の永遠性と向かい合った一本の木です。短気になってはいけません。サタンの弓の矢となりますからね」

続けて彼は、両親のことやポルトー・プランスでどのように暮らしているかを尋ねた。

兄弟姉妹は全部で七人で、私はその長男だった。数年前に父が若くして亡くなり、一家は文字通り一文無しになった。母は十種類もの仕事を試した後にお針子となった。子どもたちに家と食べ物と着るものを与え、学校に通わせるために、彼女の手は朝から晩までがたつくシンガー社製ミシンを動かし続けた。

テット・ブフ地区の家は部屋が二つで、電気も水道もなかった。中庭の汲取り便所は小屋のようになってはいたが、屋根の板張りは隙間だらけだったし、落ち着ける場所ではなかった。便漕が満杯になるとベイヤクー〔汲取り人〕たちが呼ばれた。彼らはシャベルで作業をし、糞便の匂いがベルトにまで染みついていた。彼らが来た夜は、家の通りでは誰も一睡もできなかった。糞便の入った忌々しい容器を積んだトラックが出発する明け方を、テット・ブフの全住民が今か今かと待っていた。汲取り人たちは、ハゲタカの翼とジャッカルの顔を持っていると信じられていた。人間だと知るや、私たちは石や空き瓶や罵りの言葉を彼らに投げつけた。

私はもうずっと前に、町の仕立屋か靴直しの所に弟子入りしているはずだった。しかし、母は誰の意見も聞こうとしなかった。息子が学業を続けてバカロレアを取得し、医学部に入ることを彼女は強く望んでいた。医者の白衣を着て、ポルトー・プランスの美しい地区に住む私の姿を、未来に思い描いていたのだ。それは一番大切な夢だった。その実現のためになら、シンガー社製ミシンがいよいよ壊れてスクラップになったあかつきには、港の売春宿に身売りしてもいいとまで言っていた。彼女は一種の冷ややかな怒りを声に含ませて、その言葉を繰り返した。家に誰かが来ている時でさえ、それを口にした。だからと言って、そうした人々を馬鹿にしていたわけではない。私たちの地区の大部分の女性は、空腹のせいで身を売ることを恥と思ってはいなかったからだ。

ミュリガン神父に次のことも打ち明けた。閑散期に縫物の仕事がなくなると、母は左官や、ブリキ屋や、召使いや、金物屋や、娼婦や、泥棒や、テット・ブフのその他の隣人たちを相手に運勢占いをして家計をやりくりした。朝から晩まで、人々は相談にやってきた。手相に読み取るのは、失業している未来の姿であることが一番多かった。また、母はヴォドゥの精霊の一人に憑依されたと称し、すっかり人格が変わったふりをした。彼女は顔を長く見せ、表情を固くし、神秘的な興奮状態に入りながら、話を聞く客たちに裏声を使って忠告や励ましを惜しみなく与えた。彼らが帰ってしまうと、母は私たちと涙を流して大笑いしたものだが、涙の裏にはこの上ない威厳が覆い隠されていた。

毎年、母は家族をクロワ・デ・ブーケ行のタプタプ〔公共輸送機関。壁には素朴画が彩色されている〕に乗せた。ある交差点でタプタプは止まり、私たちはドレリア・ダントールの家まで約十キロの道を歩いた。私たちはこの有名なマンボ〔ヴォドゥの女呪術師〕の家で二、三日を過ごしたが、その間、オレンジの葉、聖水、ジャスミンの花、アーモンドシロップ、クレラン〔ハイチ産の蒸留酒。原料はサトウキビ〕、粉末アーモンドで入念に準備された「魔法浴」を交代で浴びた。ドレリアは私たちをニンニク、アサツキ、タイム、キャッサバ〔熱帯産の灌木〕の粉、タフィア〔ラム酒〕、塩コーヒー、ボア・カカの葉を煎じた風呂にも入れた。彼女は香りの良い様々な植物を煎じたお茶や薬を飲ませたり、粗く摺り下ろした石鹸と一緒にあらかじめ沸騰させておいたヒマ油を、大きなコップに入れて一人一人に与えたりした。一度など、呪術師たちの好みどおりに私たちの血を辛くするため、彼女はゴキブリをヒマ油で煮込み、ニンニクとナツメグで味つけして食べさせた。こうした治療によって、不運、不吉な目、そして超自然的な病気は、体から脱兎のごとく逃げ出すはずだった。時には二人の男が私たちのうちの一人の両足を摑み、儀礼用の薪の上で逆さにして揺すった。ドラムが鳴り、ウンシ〔ヴォドゥの聖職者のアシスタント〕たちが歌う中、周りの人々はゲデ・ニボ、グラン・ブワ将軍、マルルー大尉、シムチエール・ブンバ師の加護を祈った。これらの神々はテット・ブフの家の蟻やネズミと同じくらい、お馴染みの存在だった。彼らを称える儀式は一晩中続いた。儀式を司るドレリアは、赤い衣装にブリキの三角帽かチャイナ帽をかぶり、耳と鼻に綿を詰めていた。ある晩、彼女は悪魔に衣装を与え、勃起する炎に自らの裸体をなめさせた。神秘的な性交が終わると、なめらかな肌にやけどの痕はまったくなかった。

この話を聞いたミュリガン神父は、セックスの経験はあるかと尋ねた。私は肉欲の大罪を犯したことがあるだろうか？　私は自分の知っていることを全て話した。住んでいた地域では、人々は性器を恥じることもなければ、その機能を最大限に享受することも恥じなかった。自由にそれを話題にし、それを使った。男の子も女の子も自分のペニスやヴァギナに誇りを持っていた。それらは喜びの源であり、心の安定や健康に役に立つと考えられていた。女の子の月経、尻や胸の丸み、腰とウエストのリズムが何を意味するか、男の子の陰茎、睾丸、勃起、射精、精液が何を意味するかを誰もが知っていた。こうした発見は罪の意識を引き起こすものではなく、男の子にも女の子にも喜ばしい自信をもたらした。肉体関係への手ほどきは、出会いに任せ、あるいは回廊の暗がりで催される「愛撫」の賑やかな集いで、とても自然に行われた。

でも実際は、信じられないかもしれないが、私はまだキスを、キスと呼ばれるものをしたことがなかった。性行為については何でも知っていた。私は愛し合う恋人たちを盗み見た。その光景はとても聖なるもの、とても美しいものに思われ、見る度に私は息を飲んだ。しばしば、私は一人あるいはグループで、畏れも嫌悪感もなく、最も素直な喜びの中でマスタベーションをした。他の遊び仲間たちと同様に、自分の性器が太く長くなるようにと、そこにカカオバターを塗ることもあった。田舎で雌ヤギや雌牛と性交を試みたことさえ一度や二度あったが、特に高揚感はなかった。けれども、こうした早熟な経験にもかかわらず、私の性器はいまだ若い女の性器の中に、喜びを持って入り込む機会がなかった。愛の行為が罪だとしても、罪を犯さないという美質を私は持ってはいなかった。貞操が美徳だとしても、ただそれを本能で行っていただけだ。

　神父は次のように言った。何年も異教に浸りながらも無垢な心を保っていられたのは、召命が選ばれた大地に生えている証拠だ。選ばれた民に高い使命を授ける時、しばしば神は、その者の魂と肉体をわざと罪の瘴気に触れさせる。教会の歴史は、自らの純粋さを汚さずに、沼地を何キロも渡っていかなくてはならなかった者たちでいっぱいだ。おそらく、あなたにもそうしたことが起きたのだろう。今こそヴォドゥという風変わりな異教とは縁を切り、貞操を運命の土台の一つとしなくてはいけない、と。

　私たちは実際に召命についてどうすべきかを話し合った。私はリセ・ペティオンの第一学年〔日本の高校二年生に相当〕だった。神学の勉強を始める前に、リセであと二年を過ごさなくてはならなかった。ラテン語は得意かとミュリガン神父は尋ねた。そして、セネカの本を手に取り、適当に選んだ一節をその場で私に訳させた。文章には難しい箇所がたくさんあり、とても全部は訳せなかった。私はクラスで最もできる生徒の一人だったのに。私はすっかり動揺してしまった。神父は本を閉じて、心配しなくていいと言った。リセ・ペティオンの生徒たちがラテン語とギリシャ語に秀でていないことは誰もが知っている。あの不信心な学校の教師たちには、他にもっと大事なことがあるのだろう。勉強の足りないところを見てあげましょう、と彼は言った。私は週三回、彼からラテン語のレッスンを受けることになった。さらにすばらしい申し出もあった。毎年、彼は暑さの厳しい時期を、聖霊派の神父が聖務を受け持つ山の教会で過ごすのだが、今度の夏、一緒に行っていいというのだ。私のラテン語は飛躍的に上達するだろう。さらに、彼の司祭としての活動にも参加できるだろう。建物の外の通りに出た時、私は自分の内なる井戸があふれているのに気づいた。召命（ヴォカテュス）よ！　ヴォカテュスよ！　ハイチの夜、私の川岸にあふれる感動でこのラテン語の言葉は生気を取り戻し、私の中でカエンボクの枝を広げた。

二

その日、昼食を終えた私たち三人は、ラマルク礼拝堂から百歩ほどのところにある、草木に隠れた小さな家の回廊に座っていた。ポルトー・プランスを出てから一カ月程が経っていた。ミュリガン神父は黙って食後の葉巻を吸っていた。私はロゼナが夕食の米を箕に入れて洗うのを手伝っていた。神父はある生徒の母親に、休暇中に働いてくれる家政婦を探すよう頼んでおいた。そしてやってきたのがロゼナ・ロゼルだった。

それは十九歳の若い娘だった。肌の色と香りが、半分クローブ、半分シナモンだった。学校を出ていて、バカロレアを取得していた。こんなに蒸し暑い王国でなかったら、彼女の能力、気高さ、美しさをもってすれば、はるかにましな仕事が見つかっていただろう。その夏のロゼナは、ひと目みるなり、「目・が・く・ら・む・よ」と一音ずつ区切って発音して、その美しさを認めるしかなかった。それだけならいいが、宗教機関の哲学教師であろうと、聖霊派の未来の神父であろうと、血を静めるためには、何度も「アヴェ・マリア」を繰り返さなくてはならなかった。

「家政婦が欲しかったのに、送られてきたのは雌ライオンなんだ。いやはや、生物的スキャンダルだよ。スキャンダルに出会う者たちに災いあれ」とミュリガン神父は言った。

まさにスキャンダルがそこにいた。スキャンダルは昼も夜も、同じ屋根の下で息をしていた。それは食事を用意し、服を洗い、アイロンをかけ、ベッドを整え、テーブルで給仕をした。平日、夜明け前のミサを行なう司祭に私が付き従う時、一般信徒はたいていスキャンダル・ロゼナだけだった。今、ベランダで、主イエスの神秘のアーモンドの木々の下で、雌ライオンの目をしたスキャンダルが、俗界から離れた私たちの魂の上で、肩と乳房を揺さぶりながら夕食用の米を箕にかけていた。

「明日は市場の日だね」と神父。

「ええ、もう木曜ね」とロゼナ。「今度は誰が一緒に来てくださるの？　神父様、それともアラン？」

「アランはラテン語の勉強をしなくては。この前と同じく私が行くよ」と神父は命令口調で言う。

「雌ロバを連れて行ったらどうかしら」とロゼナが提案する。

「いいアイデアだ、ロゼ。麝香の香りのするバナナの房を買おう」

「それから子ヤギも」とロゼナは言う。

「ああ！　美味い焼肉料理ができるな！」と神父は答える。

「山芋を添えましょう。玉葱とビクシン〔ベニノキからとれる橙色の染料〕のソースと赤唐辛子も！」とロゼナが叫ぶ。

　市場は礼拝堂が建っている山の支脈から、歩いて一時間のところで開かれた。到着して最初の木曜日、私は市場までロゼナのお供をした。ミサが終わるとすぐに私たちは出かけた。山道は市場へと向かう農婦たちであふれており、私たちは彼女たちに従って進んだ。裸足の者もいれば、朝露に濡れた毛とひづめをしたロバに乗っている者もいた。私たちが通ると、ズアオホオジロやモリバト、さらにはホロホロチョウのつがいまでもが、羽をばたつかせ、草むらをかき乱しながら飛び立った。次第に山丘（モルヌ）に朝日が当たり、あちらこちらに家々が見えるようになった。朝食に注がれたコーヒーの香りと煙が心地よく立ち昇っていた。私たちは黙って大股で進んだ。ロゼナは私の前をのびのびと歩き、その美しい歩調で私を引っぱった。むき出しになった長い足をひっかく茨の棘も、彼女は気にしなかった。歩くと彼女の尻が叙情的に弾んだが、私は少し前に聖体パンを飲み込んでおいたので、尻のラインは私の血管の中で、神の汚れなき思召しと結びついていた。

市場で気がついたのだが、彼女には一番おいしいスイカを、熟れたアボカドを、産みたての卵を、素晴らしくきれいなサラダになるナスやトマトやキュウリを一目で見つける才能があった。また、買い物をしている間に分かったのだが、鶏やイチジク・バナナ四分の一房をロゼナに高く売りつけるような女商人もいなかった。私たちはロバのように荷物をたくさん背負って帰途についた。道は上り坂だったため、私たちはロゼル・ロゼナと同じく雌ライオンである陽の光を浴びながら、途中で何度か足を止め、息を整えなければならなかった。

そうした休憩のさなか、ロゼナが尋ねた。「司祭になりたいって本当？」

「うん、僕は召命を受けたんだ」と私は答えた。

「しょ・う・め・いを受けるって、どんな感じ？」

「内側からの光に目がくらむような感じだよ。取るに足らない優しいものが好きになるんだ」

「どうして？」

「たいていの人は大人になると子供時代の心をすぐになくしてしまうけれども、僕たちはそれを一生持ち続けている。そして、昼も夜も神の優しい掟を守っているんだ。肉体のはかない満足など、僕たちにはどうでもいいことだ」

「なによそれ、もう説教をする神父そっくりね。それで、善良なる神はあんたに女を味わうことを禁じたの？」

「そうだよ。純潔は一生まもるべき誓いなんだ」

「私たちのロアたち〔ヴォドゥの精霊〕だって神様だけど、どうして彼らは自由に愛の行為ができるのかしら。ほら、ダンバラー・ウェド〔豊穣、愛情などを司さどるロア〕は結婚しているわ。雄のニグロは伊達じゃないのよ。アグゥエ・タロヨ〔海を司どるロア〕も、海での偉業やエジリ・フレーダの肉体にオールを喰い込ませたことで有名だわ！」

「僕たちの神々は地上のことばかりに心を砕いているんだ。彼らの教えは実践的だ。ロアたちは欲深くて、酔っぱらいで、悪賢く、卑猥なんだ。彼らは食べたり、飲んだり、踊ったり、姦淫するのが好きだ。放蕩者で、魂を救うことなど忘れてしまっているんだ」

「ミュリガン神父があんたの頭にそうしたくだらない話を吹き込んだのね？　そうでしょう？　彼が自分の性器を精霊の冷蔵庫に一生保管しておきたいのなら、そうすればいいわ。でも私はロアたちが自分の望む時に膝を崩して愛を紡ぐのは正しいことだと思うわ」

「それは異教徒の言うせりふだよ、ロゼナ！」

「異教徒ですって！　頭のてっぺんから足の先まで、異教徒で結構よ。だからって悪いことは何もないわ。ここでは異教の熱が私の肉体を動かしているのよ」と、彼女は開いた手を体の中央に押し当てて言った。「魂、魂って、あんたはそんなつまらないものの話しかしないのね！

私は女であることも、服の下にふくらみを持っていることも恥じないわ。見てちょうだい」と、彼女はブラウスの前を開けながら言った。「これがこんなに大きいからって、どうして私が顔を赤らめなくちゃいけないの？」さらに、彼女はスカートをベルトのところまでめくって言った。「私の太腿にしたって、これらが山々に悪い知らせをもたらすなんてことがあるかしら？」

突然、全てがぐるぐると回り始めた。大きな木々、乳房、空、山の楽しげな爆発、小道、朝の光の荘厳な太腿と尻。ロゼナの唇を奪いたいという欲望が泡立っていた。それまで上手く手なずけてきた生餌を狙う浮浪者は、私のズボンの下で固くなった。拳を握り、頭を垂れ、私はその場に立ち尽くした。火照った私の頬には涙が流れていた。

「ごめんね、アラン」と彼女は言った。「あんたを苦しめるつもりはなかったの。時々どうかしちゃうのよ。生まれた時、足の裏と体のとがった箇所を唐辛子風呂に入れてこすったに違いないわ。許して！」

彼女は私に近づき、顔を拭いてくれた。小さな汗の真珠粒が彼女の顔と腕の上で光っていた。彼女はすぐ近くにいた。私は彼女のシナモンの香りを嗅ぎ、熱い息づかいを聞き、自分の魂の破滅が彼女の目の色と輝きをしているのを見た。彼女は誘惑のサタンの力であり、彼女の胸は私の喉でも鼓動していた。

「仲直りしましょう、兄弟」と彼女は優しいふくれっ面で繰り返した。「二度とこんな話はしないと約束するわ。ねえ、私の優しい羊飼いさん、ロゼナと仲直りしてくれる？」

「うん」と私は彼女を見ずに答えた。

今、ロゼナは箕を振るい、洗った米を大きな金たらいの中に入れていた。その無垢な仕事も、彼女が行なうあらゆることと同様に電気を帯びていた。この前の木曜日、神父は彼女と一緒に市場に行った。おそらく神父に対しても、彼女は自分の魅力を行使したに違いない。その日以来、二人の関係が変化したことに私は気づいた。愛情のこもった親しさのようなものが、彼らの間に現れた。神父は彼女をロゼと呼んだ。彼女のおしゃれについて神父は冗談を言った。彼は自分の服にも気を使うようになった。僧衣を着るのをやめ、木を切りに行く時でさえ、ズボンの裾をまくらなくなった。あごひげと口ひげを整えた。毎日午後にはシャツを着替え、入浴後はラベンダー水を体に振りかけた。目の横の細かい皺は、いつも微笑んでいた。サスペンダーを使うのをやめ、褐色の革のベルトを得意げに身につけるようになった。金属のバックルにはJ・Mのイニシャルが浮き出ていた。食卓でロゼナが給仕をし、ポタージュを注ごうと前かがみになる度、私は神父の視線が彼女のブラウスの中に落ちるのではないかと身構えた。私はこうした疑念を取り除こうとした。信心にふさわしくないと思われたからだ。でも、疑念はかえって強くなって戻って来た。昨晩、胸をどきどきさせ、祈りながら見張っていると、神父が自分のベッドから起き上がった。薄い仕切りが私たちとロゼナを隔てていた。彼女が寝返りを打ったり、太ももを動かしたり、大きな声で寝言を言うと、彼女の動きが伝わってきた。神父は少しの間、こちらを向いていた。そして、私が動かないのを確かめると、待ち伏せする獣の慎重さで椅子の上によじ登り、仕切りと天井の隙間から覗き始めた。彼は長い間そうして眺めていたが、やがて再び横になり、煙草に火をつけた。神父がロゼナと一緒に市場に行きたがった理由が改めて分かった。

　ロゼナとの一件があった後、私はその日のうちに告解に行き、心の内を神父にさらけ出した。私の純潔が肉体の「悪魔たち」の襲撃に対抗したことを、彼はまず誉めてくれた。次いで、彼は私の不器用さを非難して、次のように言った。これからは、もっと器用な牧人にならなければいけない。あの手の異教徒の女の魂はもつれており、巧みに解く必要がある。手術は熟練者の手に任せなくてはならない。あの若い女の不信心な感情に正面からぶつかるのではなく、共犯者のふりをしてその炎をやりすごし、長い時間をかけて、上手にその感情を神の膝元へと導くべきだ。「恩寵は伝わりやすいものではありません、親しき子よ、忍耐が必要なのです」彼はこうも言った。神は悪魔の露（ロゼ）をあなたの道の上に置いたが、それはあなたの人生に生える草の質を試すためだ。祈らなくてはならない。空の最も邪悪な隅から落ちてきたこの水が、ある朝、あなたにとって神の恵みとなってしまわないように！　忠告に従うと私は約束した。ところが私が不寝番をしている間、その聖別された人が、たぶんキリストの母親との直通電話を持っている人が、夜中に起き出し、猫のような身のこなしで、あご髭を生やした口で喘ぎながら、ロゼナの無防備な裸体から長々と活力を受け取っていたのだ。この木曜日が決定的な日となることは間違いなかった。神父とロゼナは山道の丈の低い草木の中に倒れ込むだろう。体を重ね、官能のパニックの中でもつれ合いながら、彼らは喜びの米粒となるだろう。サタンのたくましい腕がそれらを揺すり、ハイチの夏の箕の中で荒々しくかき回すことだろう……

三

数時間後、私はロゼナと一緒に道を下っていた。急な坂道は、シダの林を抜けて川に通じていた。ロゼナが先を歩いた。下り道のリズムが彼女の腰に伝わり、腰の振りは私の血を乱暴に傷つけていた。私は水を汲むための手桶を両手に持っていた。普段、彼女は一人で水汲みの仕事をしていた。毎日午後の終わりに、彼女は服を着替え、エプロンをとり、みずみずしく輝いた様子でそこから戻って来た。ところが先ほど、神父はベランダで聖務日課書を読み、私は礼拝堂に残って跪き、祭壇の明かりをそっと見つめていた時のことだが、背後で足音がした。ロゼナだった。彼女はコンクリートの床にサンダルの音を響かせ、聖なる秘跡の面前に、異教をゆさゆさ揺らしながらやってきた。

「邪魔して悪いけど、手桶を運ぶのを手伝いに来てちょうだい」と彼女は言った。

「君と川へ行ったら、ミュリガン神父様が気を悪くするだろう。叱られちゃうよ」

「あんたとあんたの赤毛の神には胸がむかむかするわ」と彼女は言った。

「ロゼナ、今どこにいるか分かってる？」

「あらそうね、ごめんなさい」と彼女は十字を切りながら言った。「地獄の火に焼かれるのが怖いの？」

「そうじゃないよ。君と二人きりになるのを神父様に禁じられているんだ」

「いつから？」

「君が僕にあれを見せてから……」

「まあ！　私のあれを見たからって、あんたは地獄行きなの？」

「ロゼナ、場所をわきまえてよ、お願いだから」

「ごめんなさい」

彼女は今度はひざまずいて、もう一度十字を切った。

「ねえ、お願いだから、ちょっとロゼナを手伝いに来てちょうだい」

「分かった、行くよ。窪地の道で待ってて。すぐに追いつくから」

「ありがとう、テット・ブフの聖アラン！」（ロゼナは礼拝堂の中で大笑いした。）

川に近づくにつれ、坂道はさらに急になり、周りではシダの影が濃くなっていった。土手のへりまでくると、道は突然終わった。土手は険しく、平たくてぴかぴかした様々な色の石が散りばめられていた。急流はそこでカーブし、下流で大きな池を作っていた。あちこちで、私たちは足をとられた。やっと川に着くと、私は水の中にしゃがみ込み、二つの手桶を水で満たし始めた。ロゼナは傍らに立ち、私が作業するのを見ていた。彼女の視線は熱を帯び、ついには皮肉な官能の二つの輝きとなった。手桶が一杯になると、私は取っ手を持ち、道をよじ登ろうとした。

「水浴びをしたくない?」と彼女は言った。

「いや、四時にもうやったから」と私は言った。

「水を見たら、もう一度したくならない?」

「ならないよ、ロゼナ」

「待っててくれない? ねえ、あっちを向いてて。長くは待たせないから」

私は手桶を下に置き、ロゼナに背を向けた。後ろで服を脱ぐ音が聞こえた。少しすると、彼女は大きな音を立てて水の中ではしゃぎ回った。

「水が気持ちいいわ」と彼女は叫んだ。

私は答えなかった。自分が滑稽だった。祈りたいとは思わなかった。今や「アヴェ・マリア」は胃を圧迫し、軽い吐き気を起こさせた。私の血は、両目、両頬、両手、そしてとりわけ睾丸を熱く焼いた。突然、私は振り返った。ロゼナは川の最も浅いところで、膝まで水に浸して立っていた。彼女は私に向かって微笑んでいた。

「それで、プラハのキリストさん、決心はつかないの?」

黙ったまま、私は彼女を見つめていた。こんなに眩しいものを、それまで見たことがなかった。彼女は私の目を避けもせず、私の目は文字通り彼女を吸い取った。両手が震え、自分を恐ろしいまでに不器用だと感じた。ズボンは膨れ上がった。どうしてよいか分からなくなった私は、身をかがめて小石を拾い、彼女に向って投げるふりをした。彼女は水に潜り、数メートル向こうで再び姿を現した。彼女は笑い、挑発的に頭を振った。

「石を投げなさいよ。怖くなんてないわ、さあ」

小石を握ったまま、私の視線は困惑と欲情で混乱していた。ロゼナは数歩近づき、私に水を飛ばし始めた。

「あたしの口と乳房と精霊の名において、あんたに洗礼を授けてあげるわ」と彼女は叫び、弾けるように笑いながら、さらに激しく水を飛ばした。

私は土手まで後退した。彼女はなおも数歩前進した。水の流れの上に乳房がぴんと突き出ていた。彼女は相変わらず水を飛ばしながら、岸に向かって進み続けた。突然、彼女の生命の真ん中に一羽の鷲が現れた。鷲は戦いに向けて翼を広げ、猛禽類の荒々しい叫びを上げながら飛びかかってきた。私は服を着たまま、素晴らしい三角形となった黒い炎を迎え撃った。私はロゼナを川の中に倒した。私たちは砂床に落ちた。浅い水の中で、私たちは体と体を絡ませながら転がった。溺れる者たちのように、手と唇は絶望的に相手の手と唇を求めた。彼女は起き上がり、腰を一振りして抱擁から身を離し、土手を駆け上り始めた。私は濡れて柔らかくなった靴のまま、つまづきながら追いかけた。シダの天蓋の下で、彼女は両腕を枕にして寝そべっていた。私は自分の服を悪魔に放り投げた。そして、彼女の上に馬乗りになり、喘ぐ腰を太ももの間に感じた。私は彼女の体の上で自分の体を支えた。ロゼナは起き直り、大喜びで、舌を、歯を、目を、耳を、えくぼを、腹を、そして最高の乳房を私に差し出した。長い足で私の背中に太陽の十字架を与え、私の愛撫に身を任せた。突然、彼女の性器は私の情動の草むらとなった。それは素晴らしい外陰部だった。筋肉があり、肉づきが良く、ぽってりしていて、味わいと熱を惜しみなく与えてくれた。私はロゼナの中に接ぎ木された。彼女の血は私の血とともに航海した。生と死は一つのリズムによって見事に調和し、私たちの呼吸と一緒にねじれ、岸から遠くに運ばれていった。そして、過熱した私たちの手足が素早く、巧みに、華々しく競い合い、もみくちゃになり、実を結ぶ中、私たちは鉛直線をたどり、果てしない喜びの中に真っ逆さまに落ちていった。

四

その晩ミュリガン神父は、すっかり様変わりした男女が台地に到着するのを見た。今してきたことが、私たちの顔の上で激しく輝いていたに違いない。なぜなら、目の前にいる私たちに耐えるため、神父は手をかざして視線を遮ろうとしたからだ。川から戻ったロゼナとアランが以前の二人でないことに、神父は一目で気づいた。

「一体どうしたんだ」と彼は尋ねた。

「なんでもありません」と私は答え、その隙にロゼナは台所に姿を消した。

「なんでもないだと？　二人ともびしょ濡れじゃないか」

「ロゼナが手桶で水を汲むのを手伝おうとして、川に滑り落ちてしまったんです」

「二人とも顔が輝いているが、その輝きも急流の中で見つけたのか」

「僕はどこに落ちたのでしょう」と私は言った。それは魂の中の死だ。

「私にそれを尋ねなくてはいけないのか。おまえは召命に対し、しゃあしゃあと嘘をついている。ロゼナ！　こっちに来なさい」と彼は叫んだ。「川で何が起きたんだ？」

「何も。たいしたことじゃないわ、神父様。私を手伝おうとして、アランが滑り落ちたのよ」

「それでそんな顔をしているというのか？」

「一体どんな顔？」と無邪気な様子でロゼナが言った。

「なんということだ。これでもまだ分からないのか。おまえたちは私をおめでたい愚か者だと思っているらしい。おまえたち二人からは罪と嘘が滴り落ちている。おまえたちは姦淫の罪を犯した。姦淫のカップルなのだ」

「おっしゃる通りです、神父様。お許しください」と私は言った。

彼はロゼナの方を向き、彼女からも懺悔の言葉を待った。しかし彼女は怒った目をして、これ見よがしに乳房を前に突き出しながら黙っていた。

「ロゼナ、嘘をつき通すつもりか」

「私たち、何も悪いことはしていないわ。私たちは愛し合ったのよ、神父様。それは良いこと、良いこと、良いことだわ」と彼女は目をつぶったまま言った。

「お黙り。この少年を堕落させておいて、まだそんなことを言うのか？」

「私たちの行なった愛の中に、堕落なんてものはないわ」

「川岸の泥の中で卑しい姦淫の罪を犯しておいて、それを愛と呼ぶのか？　主イエスそのものともいえる言葉を汚して、恥ずかしくないのか？　おまえたちは川辺で豚みたいに転がったのだ。卑劣なことをしたのだぞ！」

「もうやめて、やめてちょうだい！」とロゼナは我知らず叫んだ。「偽善的なたわごとにはうんざりよ。あなたの腹を煮えくり返させているのは、はっきり言って嫉妬だわ。あなたは嫉妬で死にそうなのよ。あら、そうじゃないなんて言わせないわよ、神父様。発情期の雄鶏みたいなあなたのやり口に、私が気づいていないとでも思っているの？　ロゼナはこっちだ、ロゼナはあっちだと、あなたの視線は私の体を撫でまわしていたわよね！　あなたはアランに成り代わりたかったんでしょう。あなたは彼に出し抜かれた、そういうことよ！」

　神父はもはや一言も発することができなかった。言葉はまるで新しい歯のように、彼の口の中であらゆる方向に伸びていった。彼は茫然とした様子でロゼナと私を交互に見ていた。腕はだらりと垂れ、髭は熱湯で洗った猫のようだった。彼の眼の中に、涙をこらえている少年の姿が浮かび上がった。

「どうか一人にしてくれ」と、ついに彼は嘆願した。

ロゼナは台所に戻った。私は暗闇の中を礼拝堂に向かって出て行った。

五

翌日、私が聖体拝領なしのミサを手伝った後、神父は一見穏やかな様子で、自分の代わりに市場までロゼナについて行くようにと言った。朝早く、ロゼナと私は油断なく出発した。市場に着くまで、私たちは口をきかなかった。すれ違う人々や、朝になって再び姿を現した山丘（モルヌ）のかすかなざわめきにしか、気を取られていないふりをした。彼女は静かに予定通りの買い物をした。九時前には帰る準備ができていた。私が前を歩き、ロゼナが歩く道の茨を押し分けた。荷物の多さや困難な登り坂にもかかわらず、私たちは朝の眩しい光の中を、息を弾ませながら足早に進んだ。私たちは道のりの半分を越えた。正しい場所に足を踏み出すことしか考えていなかった。沈黙を破ったのは彼女の方だった。

「ねえ、アラン、ちょっと休まない？」

「君がそうしたいなら、愛しいロゼナ」

私は自分が言ったことに驚いた。私は荷物を下に置いて振り返った。ロゼナの頬に汗の粒が流れていた。私はハンカチを出して、優しく顔を拭いてやった。彼女は少しの間、私の肩につかまっていたが、やがて思い直し、土手の陰になった場所に座った。

「ずいぶん早く歩いたわね」と彼女は言った。

「羽が生えたみたいだ」

「あれをやってしまったから、違う？」

「……」

「答えないのね」

「そうだよ、愛する人」

ロゼナはとても驚いた眼をして私を見た。唇と鼻が震えていた。服の下で彼女の呼吸が早まった。こわばった顔が次第に優しくなり、それは謙虚に感謝の気持ちを表していた。

「愛しているわ、アラン」

シナモン・ロゼナの甘美な香りがすぐに私の両腕になだれ込んだ。私たちは茂みの後ろに荷物を置き、草の上に身を横たえた。私は片手を彼女のドレスの中に滑り込ませ、両目を閉じ、柔らかな蟹の形に開いた指の先で彼女の肉体に優しく触れた。足の裏から乳房まで私は上っていった。しっかりした線で描かれた乳房は、美しい夜からすぐに目覚めた。私は彼女の性器へとまっすぐに進んだ。その幾何学は、喜びと完璧な形状についての知識を私の手の中に授けた。それは血を磨くひき臼であり、生命の始まりの驚異であり、火や雨より古く、砂や風より古く、とりわけ神話群よりも古かった。女性は人類にとって恐怖であるとして、神話群は女という性を歪めてしまったのだ。山の太陽の下、ロゼナは再び体を開いた。ダイヤモンドの輝きを放つ私の性器は、その調和を、その曲線を、その黄金数を幻惑の中で切り刻んだ。

六

その日の晩、私はミュリガン神父と回廊にいた。私たちは黙って本を読んでいた。彼はジャック・マリタン〔一八八二－一九七三年、パリ生、トゥルーズ没〕の『肉体の条件における精神に関する四つのエッセー』〔一九三九年刊〕を、私は野鳥の渡りを利用して小惑星を逃れた小さな王子の本〔サン＝テグジュペリ作、一九四三年刊〕を読んでいた。ロゼナはもう寝ていた。市場から帰ってきて以来、私は聴罪司祭と問題をはっきりさせる機会を狙っていた。相手も私と話したがっているようだった。彼の視線の中に憎しみはなかった。そこにあるのは思慮深くて男らしい、私たちに対する愛情にあふれた善意だった。

「第一ラウンドは〈スキャンダル〉の勝ちだった」と彼は言った。

「僕に災いあれ。そうでしょう？　神父様」

「私たちにだ。私たちは二人ともリングに上がっているのではないかね？」

「不思議なことに、僕には罪を犯したという感覚がありません。前と同じく自分が純粋だと感じます。喜びについて、僕は水面上に出ている先端しか知らなかったのかもしれません。ロゼナのおかげで、恩寵の驚異の五分の四を生きることができたのです」

「わが子よ、恩寵を氷山に例えるのは間違っている。もしも恩寵が氷山なら、私は川から二つの氷の彫像が戻ってくるのを目にしたはずだ。事実はそうでなかったと認めなさい」と彼は笑いながら言った。

「たぶん、神の〈氷山〉は僕たちの血の中に沈んでいて、創造主の熱さえ持っているんです！」

「すっかり悪に魅せられているな。恩寵を肉体のみすぼらしい情事に結びつけて考えるのは冒瀆だ！」

「でも神父様」と私は言った。「昨晩、長いお祈りをしました。すると、神に許しを請えば請うほど、焼いたパンのように魂を山のはちみつに浸したことを、神が祝福しているように思えたのです！　どうして悪は善よりも魅惑的なのでしょう！　どうして僕はロゼナのことを、恩寵の現れのように思ったのでしょう？」

「おまえは今、創造の偉大な神秘のうちの一つに触れている。光はサタンからもやって来るのだ！　創造主の思し召しにおいて、これはとても単純なことだ。悪魔がいつも、お馴染みの闇の大元帥の姿をしていたなら……」

「あなたにはロゼナが悪の化身に見えるのですか？」

「前にも話したが、神は選ばれし者たちの鋼に焼き入れするために、しばしば彼らを肉体の幻影に委ねる。この試練がおまえの純潔の貯蔵庫を空にしなかったのならしめたものだ。しかし、サタンの光を、恩寵の澄んだ白熱と混同するのは重大な罪だ！」

「僕にはまったく後悔がありません。昨晩は少しありましたが、今朝には吹き飛んでしまいました。神話は女の甘美な肉体を闇に沈めましたが、神は神話以前の姿を僕の手の中に置いてくださったのです。それからずっと、神父様、僕の両手はその姿に幻惑されています！」

「おお、わが子よ、おまえには助けが必要だ」

「助けてください、神父様」と私は言った。

「ともに祈ろう」

神父は立ち上がった。カンテラを手に取り、礼拝堂へと続く小道を歩き出した。私は闇の中をついて行った。彼は祭壇の近くにランプを置き、片手にロザリオを持ってひざまずいた。私も隣にひざまずいた。主の祈りと「アヴェ・マリア」を唱える彼の声は重々しく、美しく立ち昇った。私は「聖なるマリア、主の御母、我ら貧しき罪人のために祈りたまえ、今も臨終の時も……天にまします我らが父よ……めでたしマリア……」と応えていた。

唇は聖なる言葉を発し、目には涙があふれた。別の記憶と新たな信仰心が、川のロゼナの名と姿を私の心にもたらし、それは聖母マリアの臨在に置き換わっていった。「めでたしロゼナ、恵まるる者よ、今も臨終の時も……」突然嗚咽が私の声を締めつけた。

「涙を恥じてはいけない、わが子よ」とミュリガン神父は言った。「涙は私たちの声を聞いておられる聖母の頬にも流れるのだから!」

彼が立ち上がると、私もそれに従った。心臓は今にも破れそうだった。体は倒れそうだった。ひんやりとして澄み切った山の夜は、ロゼナだったのではないか? 星々で乳白色になった空はロゼナだったのではないか? その晩、私の枕であり眠りだったもの、それはロゼナだった!

七

その後の数週間の私たちの暮らしぶりを誰かが見たなら、ラマルク礼拝堂の傍らには主の平安が満ちていると信じたことだろう。私は相変わらず、夜明けにミュリガン神父が行なうミサを手伝った。ロゼナは毎朝、後ろでひざまずいていた。祭壇の上のミサ典書を動かしながら、私はロゼナに視線を送った。すると、明け方の薄明かりの中で彼女は微笑み、二人が同じ宗教に従っていることを知らせた。私が聖別の小さな鈴を振り、ロゼナが敬虔に頭を垂れる時も、神父が象徴的にキリストの肉と血へと変えるパンとバターが、美しい肉の交わりと同じ味がすると私には分かっていた。ミュリガン神父は最も正統的なローマ典範に従ってミサを挙げていたが、本人の気づかぬうちに非合法な儀式を執り行っており、私とロゼナは自分たちの愛の姿を妄想の中に見出した。キリスト教の儀式の背後で、私たちの幼少期の神々が悪賢く目覚めていた。

ミサの後に朝食を出し終えると、ロゼナは台所仕事や掃除に大忙しで、何時間も姿を見せなかった。ミュリガン神父は庇（ひさし）の下や木陰の涼しい場所で、私にラテン語を教えてくれた。彼は哲学の授業もした。カトリック思想の一潮流の新トマス主義にとても興味を持っており、しばしばその話をした。代表格のジャック・マリタンを神父は個人的に知っていた。マリタンはコロンビアやプリンストンといったアメリカ北部の大学で教えており、神父は彼を講演に招きたがっていた。

週に一度、ミュリガン神父は首都から郵便を受け取っていた。彼はクライマックスに達した戦況について説明してくれた。その夏、ニュースはリビアでのドイツ軍の攻撃に対するイギリスの抵抗と、コーカサス山脈及びドン川流域の平原における赤軍の驚くべき強硬姿勢について知らせていた。公式発表（コミュニケ）はニューギニアにおける日本軍の攻撃と、ガダルカナル島の戦場での惨たらしい戦局について報じていた。けれども、ミュリガン神父の情熱は自由フランスに向けられていた。夏の始めにリビア奥地のビル・アケムで起きたことを、彼は繰り返し語った。シャルル・ドゴール将軍の部隊がスチューカ〔ドイツ軍の急降下爆撃機〕とロンメル将軍の大砲に、十三日間勇敢に抵抗したのだ。「ビル・アケムの戦いとともにフランスはこの戦争に復帰し、過去の栄光を取り戻す」と神父は説明した。「戦うフランス」〔一九四二年に「自由フランス」から改称〕の首領〔ドゴール将軍〕がビル・アケムの戦いの英雄たちに送った「ケーニング将軍、あなたの部隊に伝えてください、フランス中があなた方を見ています。あなた方はフランスの誇りです」という電報文を、彼は私に繰り返し読んで聞かせた。「まるでナポレオンが蘇ったようだ」と神父は叫んだ。当時、私は社会の政治構造を知らなかった。戦争でよく耳にするガダルカナル島、トブルク、ドニエプル、ティモシェンコ、エル・アラメイン、クリミア、モンゴメリーという名は、ラテン語の作家であるキケロ、リウィウス、小プリニウスと混じり合ったまま、私にまったく別の興味を起こさせる女性の名と隣り合っていた。

昼食は三人でとった。神父と私は必ず、ロゼナの料理の才能を褒めた。料理は彼女の得意とするところだった。午後、私たちは彼女が皿を洗ったり、野菜のさやをとったり、ジャガイモの皮を剝いたり、ランプを掃除したり、薪を割ったり、その他の家事仕事をするのを手伝った。時々私たちは近くの農家を訪ねた。ミュリガン神父は薬箱を持っていった。彼は厳粛さと落ち着きを持って、マラリアやイチゴ種やクワシオルコル〔栄養失調症候群〕や、その他のハイチ農村の風土病の患者の上に身をかがめた。そういう時、ロゼナと私はかいがいしい看護人となった。私たちは子どもと大人をともに苦しめるビタミン欠乏症を知った。そして、神父がクル病、壊血病、脚気、それにペラグラ〔皮膚障害〕について説明するのを聞いた。家に戻って来ると、私たちは何も言わずに歩いた。木々や歌いながら追いかけっこをする鳥たちの美しさ、山丘の嬉々とした夏。それらは、私たちには手も足も出ないあれらの苦悩とともに、私たちの内部で血を流していた。ミュリガン神父も同じ無力さに暗い気持ちになっていた。それゆえ、ロゼナと私は秘密の祭りのことを恥ずかしく思った。

聖務日課の祈りの時間、神父は私が礼拝堂で敬虔にひざまずいていると思っていたが、私は茂みの蔭や川辺へと急ぎ、しばしばそこでロゼナと会っていた。私たちはきらめく調和の中で愛し合った。肉体的享受にふけった後、私は礼拝堂に戻ってひざまずいた。

ある朝など、私たちは台所で立ったまま互いを味わった。膝の力が体の下で抜け、真っ赤な炭のコンロの上の幾つもの鍋の間に漂っているような感じがして、大きな快楽を味わった。明け方近く、私は神父が寝ているのを確かめてから、何度もロゼナの方へと滑り込んだ。沈黙の中で私たちは自分たちの血を静かに磨いた。沈黙はとても豊かで素晴らしく、私が味わう膣の言いようのない延長であるかのように思えた。

三日間肉体関係を断った後、礼拝堂のベンチで愛し合ったことも一度あった。熱に浮かされたように、私たちはオルガスムを神の息吹と混ぜ合わせた。神父はといえば、その後も彼は父親のように優しくロゼナに接していた。

「今や彼は、どんな松の木で私が燃えているかを知っているわ。用心深くしているけれども、彼の奥底にいるアイルランドの雄鶏は眠っていない」とロゼナは言っていた。

ある日の午後四時ごろ、一人の農夫が乗っている馬と同じくらい息を切らしてやってきた。ラマルクから数リュー〔一リューは約四キロ〕のところで死にかけている男のために、ミュリガン神父を迎えに来たのだ。その男は敬虔なキリスト教徒で、この地域に神父がいると知り、臨終の秘跡を受けたがっているのだという。雌ラバを急がせれば日の出前に戻ってこられるだろうと農夫は言った。出発の際、ミュリガン神父は私をわきに呼び、熟し切った一日の後でロゼナ・ロゼルと二人きりで家にいることが、私にとってどれほど危険であるかを知らせた。一晩中礼拝堂で祈っているよう、彼は助言した。

「気をつけなさい、わが子よ。今晩、戦いにくじかれた大地は長い断末魔を迎えるぞ！」

ランプをつけたままにしておくと私は約束した。

婚礼の夜は川の中で始まった。星の瞬く八月の幻想的な夜、私たちは服も着ずに家に戻った。前日に市場で買ってきたオレンジやメロンやバナナや他の果物を夕食代わりに食べた。ランプの明かりの下、羽目を外した婚礼のためにベッドを三つ繋げて場所を作った。数時間後には、私たちは思う存分快楽を味わい、前後不覚に酔い痴れ、子供や狂人や恋人たちだけが知る眠りに落ちていった。

神父の足音は聞こえなかった。目が覚めた時、どれくらい前から彼がそこにいて、裸で絡み合って眠る私たちを見ていたのか分からなかった。ランプはまだ消えていなかった。神父は怒り心頭に発していた。あごひげは逆立ち、赤褐色の炎を放っていた。首の静脈がぴんと張っていた。のどぼとけは奇妙にも勃起したように見えた。私はシーツを取って、まだ眠っているロゼナにかけてから、パジャマを着ようと立ち上がった。その時、ミュリガン神父が飛びかかってきた。私は壁に激しく突き飛ばされた。顔面にストレートパンチが飛んできた。次に、鼻をやられた。私は苦痛の叫びをこらえた。

「やめてください。じゃないと、こちらからも殴りますよ」

彼は拳で私の口を殴った。鼻そして唇から血が流れた。私はいくつものフックを受けてよろめいた。自分が喧嘩に強いことも忘れ、馬鹿みたいに何発もパンチを喰らっていた。私たちの騒ぎにとうとうロゼナが目を覚ました。私の窮状を見てとり、ロゼナは台所に駆け込んだ。彼女はすぐに大包丁を手に戻ってきた。ミュリガン神父は彼女の方に向き変わった。ロゼナは武器を握ったまま後退し、動きの邪魔になっているシーツをはがした。包丁を手にした彼女は荒々しく裸だった。視線は神父の体のただ一つの場所に注がれていた。神父はロゼナの目の中に、彼女があそこを永久に切り落とすつもりだということを読み取った。

「ズボンを降ろしなさい」とロゼナは命じた。

神父はまるで自動人形のようだった。彼は幻覚にとらわれ、信じがたい恭順さでベルトの留め具を外した。ズボンが足元にずり落ちて、褐色の体毛に覆われた頑強な脚がむき出しになった。

「パンツもよ」とロゼナは同様の命令口調で言った。

神父は命じられるまま、性器を露わにした。それは腫れ上がり、闘争的で、危険の中で勇ましくも雄鶏の叫びを上げていた。ロゼナは一歩前に出て、力いっぱい切りかかった。私は彼女に飛びついた。そして、素早く別の部屋まで連れて行き、武器を取り上げた。次いで、私は神父の救出に向かった。彼は体を二つに折り曲げ、片手で薬箱から脱脂綿を取り出そうとし、もう片方の手で、醜悪な傷から大量に流れ出る血を抑えようとしていた。

「おまえたちの助けは借りない」と神父は呻いた。「彼女と一緒に発ちなさい。ここから発ちなさい。呪われたカップルよ!」

私たちは急いで服を着た。私たちは荷物をまとめた。包みは二人で一つだった。目に涙を浮かべて、私たちは明るい中を歩き出した。すでに太陽は昇り、生き生きとした眩しい光を発していた。

九月の半ば、私は町の中央病院にいる知り合いの看護婦を通じて、ジェームズ・ミュリガン神父についての情報を秘かに得ようとした。聞くところによると、彼は例年通り夏にラマルクに出かけ、ひどい事故に遇ったそうだ。荒馬に急所を蹴られたというのだ。彼は療養中だった。そして諦観の境地で、新たな状況を受け入れているとのことだった。

ジョルジーナの水浴

ジャクメルに、イレジル・サン＝ジュリアン婆さんのことを知らない者などいるだろうか。育ちの良い者にとっては尼僧ジジルでもあれば、レジルおばちゃんでもあり、マダン・ジュリアンでもあったし、学校を出ていない者にとっては、もっと短く、のっぽのサンサン、でなければサン＝ジュリアンのことだった。村のみんなが話題の主が誰なのかを知っていた。様々な理由から、イレジル・サン＝ジュリアンは人々の好奇心をひきつけたのである。

ある者たちは彼女のことを、ハイチが将軍たちの狂った足に蹴られるサッカー・ボールにすぎなかった時代、ある夜ジャクメル広場の司令官に変装し、大胆にも要砦の鉄柵を開けさせ、守備隊に向けてピストルを撃ちながら、死刑を宣告されていた婚約者を解放したニグロ女だと考えた。このような武勲は国の軍事史において前例がなかった。

他の者たちはレジルおばちゃんを、悔悛した罪深い女だと考えた。つい最近まで、彼女は親しい仲間たちの前で、もしもジャクメルが男の陰茎で舗装されていたなら、私は蛇みたいに這って歩いてみせただろうになどと言っていた。六十歳を越えてからは、ほぼ毎日、夜明け前の聖体拝受に通っていたようだが、それ以前は聖体のパンを食べたことがなかったらしい。彼女はベッドの下に瀆神の秘宝を隠し持っていた。それはイエス・キリストの入った長持だった。

最もひどい悪口は、尼僧ジジルはヴォドゥの最も恐ろしい神々に仕えるモヴェ・ムン〔恐るべき人〕だというものだった。彼女が棺に釘を打ち込んだ人間は数知れない。人生の半分以上を過ごしたセザール・ラモネ将軍通りだけでも、子供約十人、十八歳の娘一人、ハイチ衛兵隊大尉一人の不自然な死に彼女が関与したと考えられていた。

思慮分別のある小数の人々は、イレジルのことを、伝説も何もありはしないただの年寄りのニグロ女だと思っていた。それでも彼女の中にはハイチの後進性から来る争いと苦痛と分裂が、特別な激しさで感じられた。とはいえ、日々の行ないを除けば、彼女は世代と社会的境遇を同じくする他のニグロ女たちと何ら変わりはなかった。彼女は聖フィリップ&聖ヤコブ教会〔ジャクメルの中心にあるカテドラル〕司祭であるナエロ神父の最も熱心な信奉者の一人だった。神父から毎月わずかな金を受け取り、それでやっと、路上の雨風にさらされることなく老後を送ることができた。

イレジルは二間きりの小さな家の一方の間に住んでいた。滅多に外出せず、間借り人のジョルジーナ・ピエリリや二、三人の隣人とあいさつを交わす以外は、セザール・ラモネ将軍通りの沸き立つような騒ぎからは、むしろ身を遠ざけていた。結局のところ、イレジル・サン＝ジュリアンとはいったい誰なのだろうか？　魔女なのか、年老いたヒステリーなのか、聖母マリアの哀れな娘なのか、ロマンティックなヒロインなのか？　これら四つのタイプの生き方の偉大さと悲惨さを、彼女は一つの身体に併せ持つことができたのだろうか？

八月の宵はジャクメルの家々を高山の泉のさわやかさで包んだ。そのほとりに人々の思考がクレソンやミントのように生えていた。日中、過酷な太陽の下で行われる労働は、地獄に通じる入口のようだった。しかし最初の闇が訪れると、天候はがらりと変わった。人生に対し、涼しさがニグロ女の両手を広げた。その点、ダモクレス・ネレスタン判事は地上に二つのハイチはないと言っていた。ハンモックに揺られるように、彼は自分の考えの間で揺れていた。八月の宵は神の手で縫われていた。それは筆の一振りであらゆる心配事を消し去った。判決を下さなければならない子ヤギ泥棒のことも、あの罪人を無罪にせよ、あの無罪の者を有罪にせよといって、知事や憲兵隊長がかけてくる電話のことも。彼は毎日、地方での生活の繰り返しの中でじたばたしていた。治安裁判所のおしゃべりにはうんざりだった。そこに八月の夜が訪れ、全てを洗い流した。できない生徒が黒板いっぱいに書いた間違いを教師が消すように。それでも、教師の家庭はその生徒のおかげで安定しているのだ。そよ風が海からの便りを快く運んでくるベランダ。とっくに寝ている子どもたちの平安。すっかり火を消して、最初の眠りの水の中を航海するアメリの平安。彼の充足感が抒情的傑作となるために、足りないのはジョルジーナ・ピエリリだけだ。ジョルジーナはこの八月の夜の洗礼名だ！　どの星もこの地上におけるジョルジーナの臨在を告げる！

六カ月前からダモクレス・ネレスタンはジョルジーナに言い寄っていたが、成果はなかった。アルム広場の恋人小路で彼女と出くわすのではないかと考え、法廷の開廷時間をしばしば端折ったが、無駄だった。彼はなんでもやってみた。このニグロ娘の上では、屋根の波形の鋼版の上に降る雨のごとく、望みという望みが滑り落ちた。ついに彼は、ジャクメルで一番名高いウンガン〔ヴォドゥの司祭〕であるオキル・オキロンのもとを訪ねた。ハチドリの粉をジョルジーナの髪の中に投げ入れるようにと呪術師は助言したが、やはり効果はなかった。お金を窓から投げ捨てたようなものだ。しかしジョルジーナには助けが必要だ。どうしてイレジル・サン＝ジュリアンと同じ家で生活などできようか。尼僧ジジルのあの古びた墓！　夜の甘美な果物の中の虫のように、ダモクレス・ネレスタンは彼女の不遇のイメージを反芻した。突然、稲妻が頭の中を走った。なぜもっと早く思いつかなかったのだろう。ついに解決策をみつけた。ジョルジーナ・ピエリリという逃亡ホロホロ鳥を飼い慣らすことができるぞ！　ダモクレス・ネレスタンは星空を巨大な鳥カゴとみなし始めた。そこでは、花咲く無数のジョルジーナが彼の夢と調和して輝いていた。

その朝、カラスを畑から追い払うために案山子が必要な農民がいたら、イレジル・サン＝ジュリアンのぼさぼさ頭はその役を引き受けたことだろう。彼女は一晩中まんじりともしなかった。テ・セジ〔煎じ茶〕を何杯飲んでも寝られなかった。治安裁判所判事のダモクレス・ネレスタン先生の来訪のショックから立ち直ることができなかったのだ。彼は一家の主であり、毎月第一日曜日には聖体拝領をしていた。それなのに、放蕩の片棒を担ぐよう持ちかけてきたのだ。若い娘の魂に淫行の毒を注いでくれと彼は頼んできた。そして、ナエロ神父の年金の倍額を与えると約束した。悪魔たちの王である彼はこう言った。イエス・キリストはその無限の慈悲において、小さなことに目をつぶり、さらにハイチのニグロやニグロ女が羽目を外しても目をつぶってくださると！　聖母マリアの娘にそんなことを言うなんて！　ダモクレス・ネレスタン先生、ネレスタン・ダモクレス先生、ダモ・レスタン先生、モモ・パパ先生は二十四時間前から、彼女の哀れな頭を、気も狂わんばかりに悩ませていた。百匹の緑の蛇のように、彼女の魂に巻きついたのだ。そしてさらにあきれたことに、彼女はすでに取引に応じてしまっていた。彼女は「はい」と言ったのだ。

　彼女、すなわちイレジル、サン＝ジュリアン、「小さな良き神」は、いくつもの結び目を持つ悪魔の縄を自らの頸に巻きつかせた。ジョルジーナとの情事が首尾良くいっている間は月に二五グールドもらえるのだ。ナエロ神父に年金をもらい始めてからも、月末のやりくりは相変わらず牙をむいていた。狂犬、そう、まさに月末のやりくりはそれだった。八十歳を過ぎてから、彼女は時々、町の教会の入口でそっと物乞いをしなければならなかった。孤児でさえ、名声という純潔のミルクの中に唾の固まりを吐きつけた。一世紀近くの恥辱が彼女の心に蜘蛛の巣を張りめぐらせていた。ダモクレス先生の二五グールドによって彼女はそれを一掃できるだろう。今後、月末のやりくりは彼女の年老いた足にすり寄って、背中を丸めるだろう。ミャオー、ミャオー、月末の－可愛い－子猫が、知りすぎるほど知っている古き虎の代わりにやって来る。ネレスタン先生の戯れは、結局のところ、それほど悪魔的ではない！　神様は分かってくださるだろう。聖フィリップと聖ヤコブも分かってくださるだろう。彼らだってかつては人間で、ズボンの股袋の下にジョルジーナたちのために必要なものを持っていたのだから。レジルおばちゃんはそれでもやはり恥ずかしかった。まるで、洗ったばかりの手を汚れたタオルで拭いたみたいだった。判事と交わした商談は、彼女の年老いた骨にそって滴り落ちていた。判事は彼女の白いカラコ〔腰丈の婦人用の上着〕に触った。おお、聖処女アルタグラスよ！　尼僧ジジルの人生の黄昏に、どうしてこんな最後の試練を与えたのだ！　彼女の信仰の力を、なんて過大に評価したんだ！　かくして、ある時は澄んだ聖水の中、ある時はダモクレス先生の悪魔たちのいる沼の中、ある時は小さな庭のジョルジーナが夜毎に素っ裸で浴びる冷たい水の中で、彼女はじたばたしていた……。

　再びジャクメルの宵の涼しい海風が、日中に人々の生活の中に蓄積した焼けるような砂の上に広がった。日が昇る前にアンティーユ諸島の砂を踏む時のように、生きることは再び甘美なものとなった！　生きることは、生まれたてのズアオホオジロのうぶ毛のように甘美なもので、ジョルジーナはそれを身体の一番露出した部分に持っている。生きることとジョルジーナ。素晴らしい庭そのもののジョルジーナを生きること。まず彼女の口を生き、乳房を片方ずつ、そして両方一緒に生きること、耳を片方ずつ、太腿を片方ずつ。そして突如、ジョルジーナ・ピエリリの炎となった生命の全てを生きること！　かくしてダモクレスという名の井戸の中で欲望の水は上昇した。

　ジョルジーナ・ピエリリは暑かった。八月の暑さは彼女の両乳房にはりつく粗いウールのセーターそのものだった。八月は彼女の腰にはりつく馬の毛のベルトそのものだった！　こんなにも熟れ過ぎた夜を耐える手立ては、毎晩のことだが、部屋に面した小さな庭で素っ裸でいることと、冷たい水で心地良く水浴をすることだけだった。そうすることで、彼女の中ですきを窺う雌ライオンを鎮めるのだ。彼女が裸でいる場所には、ニグロの片目が彼女の不意を襲うすきはなかった。彼女の裸に興奮するのは、星々や、おそらくは夜行性の鳥の早熟な子どもだけだった。

　体の上に水が流れていた。水に対してなら、彼女は何の心配もなしに最もはるかな秘密を明かすことができた。水はきっと、男でも女でもない！　水は覗き見をする目を持たない。水は勃起しない、水は太腿を開かない。それでも、山丘（モルヌ）の農民たちのもとで手管を覚えた河の水は、ジョルジーナの身体を心ゆくまで楽しんだ。後になって海に至った時、水はジョルジーナ・ピエリリと紡いだ愛の詩を語って聞かせ、その夜への哀惜は、海という青いニグロ娘を悲しくさせるだろう。彼女は波間に愛人を持ったことなどないのだから。そうだろう、風よ？　ジョルジーナは海ではない。赤血球が騒ぐ時、腰が急に動き出す時、彼女と海は多くの共通点を持つけれども。

月の無垢な視線の下で体を乾かしながら、ジョルジーナは男のことを考えた。その男は彼女が庭で冷やしている驚異を両手につかむだろう。男の名はもちろんダモクレス・ネレスタンではない。日中、レジルおばちゃんは雑談の際に二度、判事のことを話題にした。この年老いた性悪女が仄めかすには、結局、良家のお嬢さまと違って庶民の娘は、快楽の手綱を握る男をじっくり見つめる必要などないのだ。両目を閉じれば、自分が受け取るのが太陽の剣なのか、それとも古い鉛の中で鋳造された剣なのかを見なくてすむ。そのニグロが既婚者で子どもが六人いるとか、リューマチが毎晩、彼の両脚で我が物顔に振る舞うとかいったことを、庶民の娘は知る必要などないのだ。重要なのは、治安裁判所の判事という地位が生活に与えてくれる物質的援助だ。そうした話を聞かされているのは、宗教のスカートの中にいつも納まっているような女だった。いくらダモクレス先生が治安裁判所の判事だからといって、年若く、健康ではち切れそうな彼女が、どうして彼の「リウマチ」をさすりに行くことなどあるだろうか。そしてその後は？　彼女の身体はパパ・ダモクレスのむら気に委ねられる被告人ではない。とんでもない！　私の蜂蜜色の肌に触れないでちょうだい。もう一度ジョルジーナは乳房に手桶の水をかけ、ダモクレス・ネレスタン先生の想像上の手から両乳房を清めた。

少し疲れた心臓が新しい血を待つように、判事は八時半を待った。前の日に、レジルおばちゃんはこう言っていた。「毎晩、ジョルジーナは八時半から庭の奥で水浴びをしますよ。空っぽの瓶よりも裸で、母親が産み落とした時みたいに裸でね」ダモクレス・ネレスタンは欲望の赤いラインの上で自分にブレーキをかけ、ジョルジーナのもとに向かう時を待った。ついにゴーサインが出た。ネレスタンは通りに飛び出した。彼の背後にラベンダーの残り香が漂った。何も目に入らず、何も聞こえず、何も考えなかった。皮膚の中にジョルジーナを持てり、ゆえに彼ありだ。そんな状態で彼はレジナおばちゃんの家の敷居をまたいだ。老女は彼を待っていた。

「彼女はあっちです」と急に陽気な口調になって彼女は囁いた。

彼女が後ろを向くや、火のついた弓であるダモクレスは服を脱いだ。判事はそれでも用心して、パンツは脱がずにいた。彼は庭に向かって開いた戸の前で一瞬躊躇した。

「お行きなさい、お行きなさい、さあ」とレジルおばちゃんは彼を励ました。

ダモクレスは蛇のように暗闇に滑り込んだ。水音が歓迎していた。彼はちょっと立ち止まった。その眼がジョルジーナの裸の後ろ姿をとらえた。おお、あらゆる真夜中の太陽よ！　これは夏の夜の夢だろうか？　本から得た記憶よ、とっとと失せろ。現実の生が彼の上に注がれて、彼は南北アメリカにおいて最も活気あふれる男となった。溶けゆく蜂蜜の流れを持つ生命よ！間もなく彼は火の穂をとなり、彼女の目の前で歌うだろう！　ジョルジーナの名前は彼の唇をぴりぴりと焼く唐辛子となるだろう。けれどもジョルジーナには呼んでいるのが聞こえなかった。

「ジョルジーナ、可愛いジョルジーナよ。栗色の雌猫よ」と、炎の口をしてダモクレスは囁いた。

ジョルジーナ・ピエリリは振り向いた。そして庭の中に、半裸の男の黒く燃えさかる火を見た。若い女性の叫びが夜を切り裂いた。

「助けて！　人殺し！　泥棒！　助けて！」

すぐさま、セザール・ラモネ将軍通りに明かりがついた。男たちが棘のついた棍棒や、短刀や、猟銃や、38口径自動拳銃を持って、ジョルジーナの悲鳴が炎を上げ続けている一四番地に集まってきた。彼らはレジルおばちゃんの家の扉を叩いた。恐怖に震えて彼女は掛金を開けるのを躊躇った。ダモクレスは退却し、老女のベッドの中に行きついた。彼は毛布の下に縮こまったが、頭を隠すのを忘れていた。ジョルジーナは悲鳴を上げ続けていた。イレジル・サン＝ジュリアンの扉が、セザール・ラモネ将軍通りの二十人の隣人たちの足蹴りによってついに開いた。

武器を手にした男たちは、家の中になだれ込んだ。素早く部屋を横切ったにもかかわらず、尼僧ジジルのベッドの中にいるダモクレス・ネレスタン判事の姿を彼らは見逃さなかった。すぐに彼らはジョルジーナを落ち着かせた。彼女は庭で見たばかりの男を、正確に描写することができなかった。ある者たちはジョルジーナは幻影を見たのだと結論し、ある者たちは、この美しい隣人は最近水を撒いてもらえなかったサトウキビ畑であって、雄である新鮮な水の恵みに思わず叫んだのだと結論した。

ジョルジーナに別れを告げる前に、数人の男たちはミント、レモンソウ、あるいはトゲハンレイシのハーブティーを飲むようにと勧めた。また、別の男たちは彼女がシーツしか身にまとっていないのをいいことに、もっと効き目のある治療法を彼女の耳に吹き込んだ。庭ではあらゆる言葉が二重、三重の意味を持っていた。寝室でみんなが見たこと、それは尊敬すべき治安裁判所判事ダモクレス・ネレスタンがイレジル・サン＝ジュリアンに魅入られた愛人だったということだ。勘違いのはずがなかった。誰もがサン・サンの枕の上に、裁き手のローマ元老院議員の頭を見たのだから！　誰もがカップルの困惑ぶりを理解し、心遣いから、爪先立って急いでその場を離れた。わざわざ来たかいがあった。ジョルジーナのおかげでジャクメルの住民たちは、町の歴史上、最も突飛な秘め事の一つを知ることができたのだ。

翌日の午前にはもう、この小さな町中が、セザール・ラモネ将軍通りから立ち昇ってきたニュースに沸いていた。まさにスキャンダルのゴールドラッシュだった！　ジョルジーナと砂漠の中の彼女の叫び、ジョルジーナと夜の水、そして必死に水を飲みたがっていた彼女自身の庭のことはすぐに忘れ去られた。人々は四十がらみのダモクレス・ネレスタン判事と一人の女の事しか話さなかった。口がさない連中によれば、彼女はクリストフ・コロンブスの随員だった水夫の一人と最初に関係を持った女だという！　それぞれがこの話に塩味や辛味を付け加えた。

「ネレスタン判事は尼僧ジジルが六十歳の時からの愛人なんだって。知ってたかい？」

「ダモクレスはヴォドゥの中でも最も不吉なロアの一人のマリネット・ボワ・セックと契約を交わし、巧みに妻をだましたんだってさ」

「はっきりしているのは、あの八十歳の女はワンガ〔魔術的作用を持つ護符のようなもの〕を持っているってことだ。その媚薬を使えば、ルドルフ・ヴァレンチノだって、自分からシーツの中に入ってくるそうだ」

　ジャクメルの住人たちの想像は膨らみ続けた。ダモクレス・ネレスタンは、長い時間をかけて築いてきた有能な法律家としての地位と名声を一日にして失った。レジルおばちゃんはナエロ神父の年金と教会からの臨終の秘跡を失った。ジョルジーナと冷たい水は夜の良き友であり続けた。

白い影のニグロ

あの十月の日々、通称カップ・ルージュの住人たちの話題といえば、デューヴェイユ・アルサンドールが死にかけていることだった。アルサンドールはもはや、運命の大鉈の前で揺れる一本の蜘蛛の糸でしかなかった。彼の生命は次第に運命の刃に触れ始めていた。まだ物が考えられる頭の一隅も、両脚の間が昼なのか夜なのかを知らず、睾丸の中が寒いのか、それとも長く続く晴天なのかを知らなかった。もはや彼の睾丸は、人生の偉大な冒険を司る者ではなかった。悪魔的な力が、足の指からも魂の日当たりの良い高みからも、あらゆる能力を奪っていった。一人のニグロがこの綿を紡ぐ時、もはやなすべきことは、自分の棺を注文することとサヴァンヌ神父を呼ぶことだけだった。

カップ・ルージュで最も名高い治療師のジェローム・カンソン＝フェールは、集落に住むウンガンたちの診断を、さらなる不安を招く言葉で裏づけた。ニグロが自分の足や睾丸から知らせを受け取らなくなった時は、カップ・ルージュにいても、故郷のギニアに行っても同じことだ。

「哀れな故ティ・ドール。彼はエネルギッシュなニグロだった。心臓の代わりにスイカを持っていた。自分の苦しみにも他人の苦しみにも、骨身を惜しまず勇敢に立ち向かった。女たちに魔法をかけ、とりわけ身ごもらせることに関して、彼の闘鶏のごときズボンの前開きと激しさを競うことができるのは、一本のトウモロコシのひげだけだった」

デューヴェイユ・アルサンドールはトルチュ島〔ハイチ島の北方にある小島〕で生まれた。ハイチ南西部のカップ・ルージュに居を定めたのは、ヤンキーたちが国を「鎮定」〔一九一五年〕した数カ月後のことだった。伝えるところによれば、彼は北部の山岳地帯で、海軍陸戦隊員たちに抵抗するカコと呼ばれる農民たちの反乱の側について戦った。ぎりぎりのところで銃殺刑を免れ、やみくもに逃走したのち、様々な苦難の果てにこのカップ・ルージュの台地にたどり着いた。着くとすぐに、ほとんどただ同然で狭い耕地を手に入れた。耕地というより、長いこと打ち捨てられていた茨の茂みで、蛇やマブヤトカゲやカラスどもが住みついていた。誰もそんな場所を欲しがらなかった。夜になると、人々はこの呪われた畑を避けるために回り道をした。そこは呪術師ゾボプやヴランバンダング、「毛なし豚」と呼ばれる盗賊団たちがたむろしている十字路だと人々は言っていた。

このような場所に住むことは、デューヴェイユ・アルサンドールにとって英雄的行為だった。ハイチの十字路を司るアティボン・レグバ〔ヴォドゥの精霊ロアの一人〕が、招かれざる悪魔たちをこの土地から追い払ってくれるだろうと彼は言った。アルサンドールは何度も自分の負けを認めそうになった。世話をしても、朝に植えた苗が月や星々に夜の挨拶をするまで育つことは滅多になかった。しかし、顔が青ざめるほどの怒りが心臓の一打ち一打ちを、人生における戦いと労働へと仕向けていった。数年の後、「呪われたサバンナ」は、アルサンドールの手によって見違えるほど健康な土地へと変わっていた。果樹、トウモロコシ、サツマイモ、コンゴマメ、キャッサバ、さらには水を多く必要とするサトイモ、ヤマイモ、サトウキビが、茨の茂みとサボテンの悪夢を退けた。この勝ち誇った緑の土地には、ズアオホオジロやクロウタドリやキジバトやハチドリや、メダム・サラ〔鳥の名前〕、熊蜂、ホロホロチョウ、その他の羽の生えた音楽家たちが歌の譜面を置きに訪れた。その時から、デューヴェイユ・アルサンドールはカップ・ルージュの「よそ者の悪霊」ではなくなった。共同作業（クムビット）やヴォドゥの儀式やカーニヴァルの行列（バンド・ララ）、集落におけるその他の集団活動において、人々はもはや彼をのけ者にしなくなった。

今やどの畑でも、人々はアルサンドールという存在が消滅しつつある家の藁ぶき屋根に目を向けては、互いに合図し、不安な気持ちを埃の中に荒々しく吐き出していた。陰気な夜の気配が、すでに彼の家の周りを支配していた。カラスたちが戻り、カラバジェノキの葉むらで臨終の匂いを真近に嗅ぎながら、果てしない喪に入り始めていた。時折、アルサンドールの猟犬ビユファロが、空に向かって悲痛な楽節を吠え立てていた。生者たちは黙っていた。アルサンドールの正妻セシリア、若きファム＝ジャルダンのマリアンナ、海面下の四季のごとき妾のドレ、義弟のアンドレウス、隣人のレルミニエとエミュルジオン・スコット、そしてそれぞれ異なる嵐の下に生まれた彼の子どもたちはもちろん、神とアティボン・レグバの祝福を受けたアルサンドールの世界の誰もが、爪先立ちで行ったり来たりしながら、椅子にぶつかるとか、物を落とすといった不手際や、飛び出したくしゃみが、何らかの乱れを家の中に引き起こしはしないかと恐れていた。そうした乱れは、宇宙の綱の上で戦っているアルサンドールにとって、命取りになるかもしれなかった。彼の体はガリガリの骸骨の袋に過ぎず、そこから飛び出ている顔はあまりに尖っていて、瀕死の者の唇に浮かぶ遺言を切断しかねなかった。

けれどもデューヴェイユ・アルサンドールが後に語るように、この絶望的な状態にあっても、彼は心の奥で、自分の人生の統一原理が失われたとはまったく思っていなかった。ウンガンたちの診断、親族の絶望、猟犬ビュファロの狂ったようなリベラ誦〔死者のための祈り〕、カラスたちの時間ぴったりの来訪にもかかわらず、彼の中のどこかで、生きることへの執着が発情期のイルカのジャンプを続けていた。満載喫水のニグロは若駒がサボテンの列を飛び越えるようにはあの世に行かなかった。雷が彼の睾丸を粉砕しても、人々はデューヴェイユ・アルサンドールのマホガニー材の棺に、すぐに釘を打ち込みはしないだろう。彼の父アリステーヌ・アルサンドールが死んだのは、優に九十二歳を過ぎてからだった。その日、母方の祖父マビアル・リマビアル将軍は百歳を越えていたが、棺を墓地に運ぶのをまだ手伝うことができた。ヤシの木は彼の心と同じく、ヒナゲシのようには死なないだろう。彼の心は空に向かって静かで毅然とした挨拶を送っていた。

おお、イエス－マリア－ヨセフよ、おお、パパ・ゲデ・ニボよ、もしもデューヴェイユ・アルサンドールが生涯にただ一度、彼のパンツの中で呼吸する愛の矢を泥まみれにしたのなら、彼の魂を棘のある薪束として持っていってくれ。そして呪われた炭の山にしてくれ。けれども反対に、彼の頭にセイヨウキョウチクトウと、生者たちの友であるナイチンゲールが住み続けていることを知っているなら、おお、ギアナのロアたちよ、星々の天使たちよ、アルサンドールという堂々たるヤシの木に、あの世の根っこに誓った約束を守らせてやってくれ。十七歳を迎えるニグロ娘たちの肉体の雨と花の季節を、カップ・ルージュで彼にもっと与えてやってくれ。

「そうだ、彼の並外れた生殖器で、さらに一ダースの女たちを白昼に実らせたあかつきには、彼も己れの驚くべき役目を果たし終え、死を受け入れるだろう。彼が良き土地をさらに幾つも耕し、そこに種を蒔きますように。大きな叫びを上げて、アルサンドール家の人々の犂を求めているその土地を！　最後にもう一度、熱帯地方の彼のはだしの足を、カップ・ルージュのニグロ娘たちの干からびた泉の中に浸らせてやってくれ。この地域の植物、急流、雨、そして希望のために！」

瀕死のアルサンドールの唇の上にオキル・オキロンの名を素早く読み取ったのは、アンドレウス・リマビアルだった。彼は義兄が最後の運を試そうとしていることを察した。どうしてオキロンの知恵のことを思いつかなかったのだろう？　たぶん、オキロンは生者たちの健康を害する「悪い精霊」の仲間だといううわさがあったからだ。それどころか、オキロンは有名な人殺しだった。両親のあの世への旅立ちを早めたばかりか、一度埋葬した後、自分の土地で働かせるためにゾンビとして蘇らせたのだ。彼は生命の敵だった。アルサンドールだってそのことを知っていた。それでも、オキロンに来てほしいと願ったのだ。瀕死の者の望みは神聖だ。おそらくオキル・オキロンは人生で初めて、自分よりも立派な睾丸を持つニグロに会うだろう。

　オキル・オキロンは夕暮れにアルサンドール家に到着した。デューヴェイユ・アルサンドールの枕元に呼ばれたことに、彼は驚いていた。アルサンドールはオキロンが挨拶しても、答えたためしがなかったからだ。種馬として名高いこのニグロは、ゾンビの生産を妨害しているのではないかと、彼はしばしば考えたものだ。これほどの満足感がこんなにも早く与えられようとは思ってもいなかった。大きな喜びがオキロンの左目に輝き、右目はアルサンドールの命を奪おうとしている病気の症状を、大きなルーペの罠を張ってとらえようとしていた。大時計の細かい部品を調べるように、毛穴から毛穴へ、睾丸の片っぽからもう片っぽへと、彼はルーペを使って病人の体を詳しく調べた。診察を終えると、この有名なボコール〔黒魔術師を使うウンガン〕は上着のポケットから小さな赤い旗を出し、勝利の合図としてアルサンドールの体の上で振り始めた。

オキロンは次のように宣言した。「デューヴェイユ・アルサンドール将軍よ。おまえを治癒させるものの名はウアリ〔野性のクルミの一種〕という。この種子がおまえのほぼ全ての器官で光り輝くのを、私はルーペで見た。おまえの心臓、おまえの体のそれぞれの部分に虹が昇るのを、私はルーペで見た。そうだ、良き生まれのニグロであるおまえの肉体に、生命のあらゆる色彩がなおも目覚めている。ウアリは植物の甲殻で、赤くそして黒い。おまえの命を奪うと誓ったこの呪うべきマラリアの猛威にも抵抗するだろう。ウアリ将軍は生者たちの血の守り手だ！　これからは、彼がおまえの歩哨に立つだろう。おまえたち、みんな集まれ！　ウアリ将軍の赤と黒の肩章に向けて、感謝の言葉を叫ぶがよい！」

「パパ・ウアリ万歳、ありがとう！　永遠に、永遠に、かくあれかし、アーメン！」と家族は叫んだ。

　もはや、オキロン先生が親指と人差し指でそっと挟んでいる奇跡の果核から誰も目を離すことができなかった。それはクルミに似ており、赤くそして黒く、わずかに卵型をしており、ズアオホオジロの卵ほどの大きさだった。

　オキロンは次のように言った。「セシリア、あんたは三日間、この幸運なるアルサンドールにウアリを煎じて飲ませなさい。この素晴らしい薬が完全に効果を発揮するためには、種子を火に通さなければいけない。どんな方法でもいいというわけではない。デューヴェイユ・アルサンドールの場合は、家の一番若い女が素っ裸でかまどを三回またがなくてはならない。彼女の初々しい血が火の守護能力と混じり合うように。もしも今日の治療から数えて四日目の朝に、病人だった者がここから起き上り、ヤシの木に登りに行かなかったなら、わしはオキル・オキロンの名をもう名乗るまい！」

　オキロンはウアリの入った包みをセシリア・アルサンドールに手渡した。彼はルーペを皮袋にしまった。そして、別れを告げる前に、処方の中の大事な点を、家族にもう一度繰り返した方がいいと考えた。

「とりわけ、忘れるんじゃないぞ。期待する奇跡的効果を得るためには、ウアリを家で最も大胆不敵な膣の火に通さなくてはいけない。家で一番情熱的な膣の火にと言っているのだよ。では、さらば！」

「さようなら、オキロン先生」度肝を抜かれ、家族は叫んだ。

　そのあとすぐ、セシリア・アルサンドールは急いでこの処方を実行に移した。彼女は園亭の下で松の木の男性的な火を起こした。ファム＝ジャルダンの魅力で知られる若きマリアンナは素っ裸になった。続けて三回、この十七歳の娘は美しい火の上で生のダンスを踊り、火は彼女の開いた足の下で喜びに震えた。それまで人々は、彼女の胸と尻のふくらみが、ドレスの下にこんなにも驚くべき健康を宿しているとは知らなかった。火を祝福した後、服を着る代わりに、彼女はデューヴェイユが横になっている部屋に入っていった。そして、火の上でやったばかりの儀礼的ダンスを、彼に触れずにその上で行なった。

その間にセシリアにある考えが浮かんだ。それは素晴らしい思いつきのように思われた。この可哀想なデューヴェイユに、一度に三粒のウアリを煎じてやったらどうだろう。三つの粒は一晩のうちに、小さな一粒よりも効能を見せるのではないだろうか。三人の将軍はパパ・ティ・ドールの部隊で、敵の発熱計画をくじく一人の参謀に匹敵するだろう。
瞬く間に、アルサンドールは匙で飲ませられたものが、マリアンナの十七歳の泉で飲む、新鮮なホルモンと同じ味であることに気づいた……

翌朝、朝の挨拶に来たセシリアは、部屋の入口に数分間釘づけになった。続いて、カップ・ルージュ中が彼女の恐怖の叫びに飛び起きた。痛ましくも見慣れたパパ・ティ・ドールの顔の代わりに、彼女が枕の上に見たのは白い仮面だった。アンドレウス、ドレ、マリアンナ、エミュルジオン・スコットが見ても同じだった。デューヴェイユ・アルサンドールの代わりに、一人の白人が眠っていたのだ。誰もが敷地の外へと逃げた。次いで、猟犬ビュファロが悲痛な吠え声を上げながら部屋から飛び出した。瞬く間に集落の者たちが駆り集められた。オキル・オキロンを先頭に一つの勇敢な集団ができあがった。最初にオキロンがアルサンドールの寝室に踏み込んだが、三歩行ったところで彼は気を失った。他のウンガンたちは、肘を突き合わせて長いこと待ってから、白い幽霊のベッドの方へと進んでいった。その見知らぬ男は目を覚ますと、驚いて彼らを見つめた。「薬草の医師」〔ハイチの伝統的な手段によって治療を施す医師〕の古老であるトントン・デランスに、突然ある考えが浮かんだ。

「すみませんが」と彼は丁寧に言った。「カップ・ルージュのいとし子であるデューヴェイユ・アルサンドールがどこに行ったか、ご存じありませんか？」

その名を聞くと、その見知らぬ男は急に起き上がって座った。彼は自分の手と足に目をやった。そして、自分が幻影のとりこになっていないことを確かめるかのように、両目をこすった。彼は鏡を持ってきてほしいと言った。そして自分の姿を見るや、悲痛な叫び声を上げた。数里四方に渡ってその叫びは、聞いた者全ての頭の毛をハリネズミに変えた。デューヴェイユ・アルサンドールが目の前にした元気一杯の白人男は、デューヴェイユ・アルサンドール本人だったのだ！　彼は寝室に再び一人で残された。訪問者たちは恐れおののき、一目散に逃げてしまったからだ。

俺の受難はいつ終わるのだろう、とデューヴェイユ・アルサンドールは考えていた。カップ・ルージュから連れ去られてからというもの、彼の絶望はどんなにたくさんの駅を通ったことだろう。十字架については、彼はそれをパパ・イエスのように肩に背負うのではなかった。十字架は彼の中に散らばり、肉体の最も奥へと拡がり、その色素の一つ一つに混ぜられた。影さえも、彼に忠実でなかった。ニグロ生まれの男の不幸はどこにでもついてまわり、太陽と女たちにはどうすることもできなかった。

ポルトー・プランスの医者たちにとって、デューヴェイユ・アルサンドールはジャクメルから送り込まれた奇妙な患者だった。ウアリの煎じ薬をがぶ飲みしたがために、デンマーク人のように白くなってしまったこのカップ・ルージュの農民に対し、医者たちはありとあらゆる研究と観察を行なった。彼らが目にしている人体現象における遺伝子学上の出来事は、最も優れた国際的科学者たちの興味を引いてもおかしくなかった。UPI通信社の特派員は、アルサンドールが地球上の白人支配の未来に差し出した危険な先例に関し、世論を喚起した。デューヴェイユ・アルサンドールの写真が『タイム・マガジン』誌の表紙を飾った。世界中の大都市で、人々は次のように尋ね合った。もしも地上の全てのニグロが、ハイチの奥地にあるこの奇妙なウアリを使って攻撃しようと決心したなら、白人の支配的地位の運命はどうなるだろう？　カリブ、ブラジル、アフリカの各地で、密売人たちがこの自生の麻薬を躊躇なく売買するだろう。もはや白人は誰一人、神授権としての肌の色に安穏としてはいられないだろう。すでに南アフリカのマスコミは、バントゥー族の最後の一人がアフリカーナへの一線を越えるのを目撃していた。「ニグロの蛮行」の増加は制御不能になっていた……

数カ月間、デューヴェイユ・アルサンドールはポルトー・プランスで観察下に置かれた。ジャクメルに戻っても、二重人間としての状態に変化はなかった。村の入口では数百人が待ち構えており、彼を肩車して練り歩いた。首都に滞在した感想を人々は聞きたがった。トルチュ島のニグロとしての自分を取り戻そうと、苦しみのうちに過ごしたと、彼は小声で答えた。ジャクメルで一番美しい娘たちが彼にサインを求めた。何を使ってサインをしたらいいのだろう？

彼が持っているのは心の中の十字架だけだった。王者はその性器とともに永遠の眠りについてしまった。オキル・オキロンがアルサンドールのサイズに合わせて裁っておいた青白い鞘は、ゾンビとなった彼の皺だらけの体に当たって邪魔になった。

一月のその日の午後に、彼はカップ・ルージュに着いた。有名であることの孤独と嘲弄の中で数カ月が過ぎていた。夕暮れの青い安らぎの中に、ぽつんと佇む集落を見た時、彼は一握りの土を手に取り、頭にそっと振りかけた。彼は憎しみと愛、絶望と激しい希望の奇妙な混血だった。彼の涙は全世界を照らすことができた。彼が近づくとカップ・ルージュの住人たちは逃げていった。彼は家までの小道を歩いて行ったが、それは彼の人生の歩道よりもひっそりとしたものだった。彼が近づくと、生えたばかりのセイヨウキョウチクトウとベゴニアは、人間や動物と同様、恐れおののいて逃げていった。入口のドアの下に、すでに錆びついた鍵を見つけた。彼は埃と蜘蛛の巣だらけの椅子の上に身を投げ出した。そして幽霊船の錨を下ろし、眠りに落ちた。彼自身が幽霊船だった。翌日、友人を誘ったが無駄だった。ゾンビに友人はいないのだと、すぐに悟った。

次の朝、トウモロコシ畑の外れにいると、背後で草がこすれる音がした。マリアンナだった。すぐに彼は、彼女の両目に映る自分の白い顔が、失われたニグロの顔と同じだけの優しさを持っていることに気づいた。彼はマリアンナの中に見事に入っていった。何年も何年も、二人の愛の行為はカップ・ルージュの雨量と収穫に、途方もない影響を与えたのだった。

ナッシュビルへ向かう救急車

十七歳で海軍に志願したステファン・ランソンは、ある時は海上で、ある時は太平洋の島々で終戦の日まで戦った。とりわけ沖縄戦での軍功によって、（マッカーサー元帥本人の手から）国の最高勲章を授与された。船乗りとしての輝かしい未来が微笑んでいるように思われた。実際、彼は海が好きだった。婚約者エミリー・ブラウンへの手紙の中で、彼は海での生活を、自分たちの「人種」が南北アメリカの土地で送ってきた嵐の日々と比較した。海は人生の最良の面を見せてくれた。ある晩、乗っていた巡洋艦がグアム島に近づいた時、彼は波の官能的な動きを眺めつつ、祖国に帰った晩に自分とエミリーの間に起きるであろうことに思いを馳せた。

一九四六年五月はテネシーの小村コロンビアの首にかかった真珠の川のようだった。戦後初めて迎える春だった。その恩寵の日々、ミンク・スリッドの黒人ゲットーさえも、歴史から受けた癒えることのない傷を脱ぎ捨てていた。朝から晩まで、木立の奥や、電線の上や、再会した恋人たちの会話の中で、テネシーの鳥たちは平和な時代の詩情を再び創造していた。太陽、露、草、蝶、つましい動物のような人間たちの目が、美しい季節の輝きに新しいハーモニーを付け加えていた。

「ああ、エミリー・ブラウンよ、おまえのお尻はハレルヤだ！」

エミリー・ブラウンが通ると、テッド・サム爺さんは靴屋の店先でこんな称賛の叫びを上げた。その朝、その若い娘は自分の後ろ姿に浴びせられた比喩を恥ずかしいとは思わなかった。彼女の全てが、世界とともに歓喜のハレルヤに包まれていたのではないだろうか。十九歳の彼女は、ミンク・スリッドの苦悩の中をさまよう一つの伝説だった。これがニューヨークやロサンゼルスであれば、彼女のゴージャスな身体も、絶え間ない賛辞の的とはならなかっただろう。けれどもミンク・スリッドの灰色の中では、彼女は雌の光を放つ一つの奇跡だった。エミリー・ブラウンが通るのを見ると、バプティスト教会のエドガー・ヒューズ牧師でさえこう考えた。もしも天国が本当にあるのなら、その正門はエミリー・ブラウンの猫のような太腿の上部を飾るアーチに似ていることだろう！

しかしながら、真珠湾からヒロシマまで、エミリーはステファン・ランソンが戻るのを貞淑に待っていた。彼女の心は小さな渡り鳥であり、波から波へ、茂みから茂みへと、ステファンが太平洋上の戦場で参加した様々な軍事作戦について行った。自分の乳房がこの若者の思い出の中で奏でる歌が、彼を日本軍の銃や大砲の弾から守ってくれるだろうと彼女は信じていた。そして実際、彼は戦争から無事に帰還した。

さて、この若いカップルはコロンビアのショッピングセンターを歩いていた。この数日間、二人はずっと性交していた。二人の抱擁はジャズのオーケストラの力強さと一体感を持っていた。交わるごとに、デュオで始まった喜びのトランペットは疼くようなソロとなり、幼年期の藍色をした素晴らしく静かな湾の中に、彼らを真っ逆さまに突き落した。彼らはまた、生きていることへの情熱を狂わんばかりに踊って表したいと思った。そこで、エミリーが一週間前に修理に出したラジオを受け取りに、ジョージ・スティーヴンス商会へと出かけた。

「ちゃんと動くようになったかしら？」とエミリーは、ラジオを梱包し始めた白人の店員に尋ねた。

「ああ、直したよ」と店員はそっけなく答えた。

「そうでしょうけど、試してみてもいいかしら」とエミリーは言った。

「いじらせてやれ、そいつのポンコツを」と店のオーナーのスティーヴンスが口をはさんだ。

ステファンは電源につないだ。ダイヤルが明るくなった。彼は針を合わせようとした。あちらこちらで雑音が飛んだ。アースやアンテナをつけても何も変わらなかった。

「前と変わっていないわ」とエミリーは言った。

「でも、あんたたちの姿を見る前は、こいつはちゃんと動いていたよ」と店員は答えた。

「ニグロと一緒にいたら、ラジオだって時にはウンザリするだろうよ！」とスティーヴンスは続けた。

ステファンは突然、ソロモン諸島でのある夜明けに引き戻されたように感じた。一人の敵兵がサーベルの一振りで、あわや彼の首を切り落とすところだった。戦地にいた時のように反撃したかった。けれども、歯と歯で怒りの唐辛子を噛みつぶした。エミリーが横にいたからだ。彼は片方の脇の下にラジオをはさみ、空いている方の腕でエミリーの両肩を抱えた。

「もう行こう」とステファンは言った。

エミリーは傲然とスティーヴンスを睨んだまま、動かなかった。

「皇太子妃は担架がないと帰れないのかい？」とスティーヴンスは言った。

「答えろよ、ニグロの売女め」と店員は加えた。

ただちにステファンはスティーヴンスに拳骨の雨を降らせた。仕返しに、店員はエミリーをひっぱたいた。ステファンは店員の方に向きを変え、フックで彼を店先へと追いやった。窓ガラスが割れて、通行人たちの足の上に飛び散った。

「あの汚らわしいニグロどもを殺せ！　奴らを殺せ！」と二人の白人は通りに出てわめき始めた。

すぐに歩道は、猛り狂った白人たちであふれた。脅しや罵りの言葉があちらこちらから沸き上がった。

「いくら戦争に勝ったと聞いたからって、俺たちの町を我が物顔で歩きやがって！」

「売女の息子なんぞ死んでしまえ！」

エミリーとステファンは店の中から出られなくなった。そうしている間に、ますます増える群衆は二人に怒りをぶつけ、いきり立った。ついに警官たちがやってきた。ステファンは彼らに退役軍人証を見せた。警官たちは若い二人を噴火寸前の山から逃れさせた。エミリーとステファンはすぐにタクシーに乗り、ミンク・スリッドへと戻った。五月上旬の停戦の後、アメリカ合衆国の恐怖と苦悩が彼らを再び捉えていた。夜更けまで二人は計画を練った。そしてこう決心した。明日になったら、ニューヨーク行きの列車に乗ろう。お金がなくても構うものか。自分たちは若くて美しい。踊ることも歌うこともできる。白人たちの砂漠を横断するのだ！

最初に銃声を聞いたのはエミリーだった。

「ステファン、起きて。まわりで銃を撃っているわ！」

再び銃声が響いた。まだかなり遠くかった。

「スプリングフィールドで撃っているんだ」とステファンは言った。

ちょうどその時、ドアを叩く音がした。

「誰？」

「ランドルフだ」

ステファンはドアを開けに行った。ランドルフは別の二人の友人を引き連れていた。

「何が起きたの？」とエミリーが尋ねた。

「大変だ、ミンク・スリッドは包囲された。白人たちが噂を立てたんだ。黒人の退役軍人たちが、君たちの午後の出来事の報復をすべく、コロンビアへの進軍を決めたとかって。我々は武器をどっさり持っていることになっている。市長が当局に警告を出したもんだから、マクノリー州知事は援軍を送る約束をしちまった。国家警備隊の三個中隊がすでにナッシュビルを出発した。交通警察隊はクー・クラックス・クランの集団と合流した。我々は君たちがここから脱出する手助けをするつもりだ」

「すぐに出発しましょう」とエミリーは言った。

「俺たちが逃げても、あの狂った連中の気持ちは収まらないだろう。俺たちが見つからないとなれば、血に飢えた奴らは手当たり次第に罪のない人々を襲うだろう。俺たちニグロにとって、戦争は終わっていないんだ。戦おう！」

　ステファンは引き出しを開け、コルト45を出した。

「猟銃も三丁ある。おまえたち、戦うか？」と彼は言った。

「ジュミナおばさんとトムおじさんは殺されたわ。ハイエナの白人たちに目にもの見せてやらなくては！　戦いましょう！」とエミリーが答えた。

「それしかない。なあ、みんな」

　仲間たちは同意した。

クー・クラックス・クランは軍隊のような正確さでリンカーン通りから攻撃を仕掛けてきた。ステファンのピストルと猟銃は、すぐに沈黙を余儀なくされた。若者たちは捕えられ、きつく縛られてコロンビアの監獄の独房に入れられた。明け方、ステファンが呼び出された。三十分後、彼は別人のようになって戻された。目も鼻も唇も顎も、紫色と血の色に腫れ上がっていた。

「次はあんたの番だ、きれいな娘っ子」と私服警官はエミリーに言った。

彼女もまた三十分ほど拘禁された。戻ってきた彼女は無事だった、その年若いハレルヤ以外は。他の三人の若者もまたひどく殴られていた。

「どんな目に遇うか分かっただろう。日が昇る前に消え失せろ」と保安官の長は言った。「命が惜しければそうしろ、ＫＫＫからの忠告だ」

ランドルフ、ジョン、ジミーはエミリーとステファンが監獄から出るのを助けた。よろめきながら数メートル歩いたところで、エミリーは気を失った。コロンビアの病院は彼らを受け入れることを拒んだ。それでも一人の黒人の救急看護隊員が彼らをナッシュビルに運ぶのを引き受けた。全速力で救急車はナッシュビルに向かって走った。エミリーとステファンは二つの担架に並んで横たわっていた。田舎の空気にエミリーが意識を取り戻した。けれどもステファンは婚約者よりも重症だった。運転手は夜明け前の涼気の中、猛スピードで運転した。ナッシュビルに着くと、彼は三つの病院の前で救急車を止めたが、どこもけが人を受け入れてくれなかった。必死の交渉の末、四つ目の病院がやっと彼らを引き受けてくれた。しかし遅すぎた。エミリーとステファンの二つの死体を引き離すためには、握り合った手を手首から切らなければならなかった。

地理的放蕩学の回想録

一

当時、私の生活には三つの階層があった。一つは私の居住していたパリ大学都市、もう一つは在籍していた医学部、そしてインターンをしていたボージョン病院。病院宿直のない夜は大学都市のキューバ館で過ごし、自室でずっと机に向かっていた。週末の余暇は読書とスポーツにあてた。劇場、美術館、コンサート、映画館からは次第に足が遠のいていった。大学都市での留学生たちの集まりにはめったに顔を出さなかった。私は第三世界から来た何千もの若者の一人だったのだ。パリは、戦後の生き方を問う場所だった。

私のエネルギーはただ一つのくびきに繋がれていた。それは学問だった。さんざん本を読んだ後、ある日、私は思い切って世界に目をやった。視線を向ける先々に、嘘と欺瞞と獣性の砂漠が広がっていた。例の近代文明とやらは人間の根本的問題に目をつぶっていた。どこを見ても、人々は見境なく、真の人間性のために闘おうとする人がいれば投獄し、拷問し、辱め、ゾンビ化し、動物のように扱い、皮を剝いだ。人々は見境なく、黒人、黄色人、白人に嘘をついていた。何世紀にもわたって、人々は地に堕ちた者たちを騙してきたのだ。私はこの古くからの嘘で固められた息子の一人だった。とうに老け込んだ欺瞞の息子の一人。何十億というゾンビの一人だった。

辞書のあらゆる語の前に「似非（プスド）」とつけなくてはならなかった。似非文明、似非文化、似非理性、似非人間のアイデンティティ。このギリシャ語の接頭辞「似非（プスド）」は私の手、足、心、性器、夢、読書、睾丸、神経線維、喜び、人間関係、人生そのものの前にもついていた。当時の私は、似非人生の沼にはまり込んだ似非オリヴィエ・ヴェルモンだった。

目の前には蛮行があった。大量殺戮、残虐行為、盗み、下劣さ、貪欲、低俗、傲慢、栄養失調、侮蔑、そして人生の忍耐強い、徹底した非人間化の企てだ。これだけは、「似非（プスド）」という接頭辞なしに存在する唯一の現実だった。それは胸を高鳴らせ、血をたぎらせて、人間たちの歴史のいたるところに横から顔を出していた。人間たちの歴史の遺骨がそこにあった。奴隷制による死者たち、植民地支配による死者たち、重労働による死者たち、リンチとユダヤ人迫害による死者たち、掃討作戦や網の目作戦による死者たち、強制収容所の死者たち、東西南北の人間たちにしかけられる大小の戦争による死者たち。目の前に、国家的理由で漂白された何百万もの人間たちがいた。乾燥し、清潔で、磨かれて、つやつやし、ようするに、彼らは美術館の中の見事なオブジェだった。そこで、数年前にニューヨークで自由の女神を侮辱したように、私は世界中の愚行の忌々しい女神を大いに侮辱し始めた。罵声を浴びせ、その顔と胸に、この世のありとあらゆるわいせつな言葉と呪いの言葉を投げつけた。

その後はすっかり絶望にとりつかれてしまった。笑みを湛えた誇らしげな若き黒人は消え失せた。四年前、黒人は目をきらきらさせ、意気揚々とシェルブールの港に上陸したのだった。今や私は冷たい無関心の視線を、医学書や、実存主義、マルクス主義、近頃パリを興奮させているあらゆる劇的事件の上に投げかけた。ありとあらゆる扉が犠牲者たちの前に開いていた。どの言葉も死体を一つ隠していた。私の頭にとっても、心にとっても世界文化は忌まわしい病気でしかなかった。蛇の姿をした文化、ジャッカルの面をした文化、亡命の文化だった！　すでにして私の遥かな島において亡命状態にあった私は、今や自分自身において、やることなすことにおいて、思想において、骨肉において亡命者だった。私は偽のオリヴィエ・ゾンビなのだ！　存在の奥深くまでゾンビ化した私を噴火させ根源から否定するにはどこに行けばよいのだろうか。私にとって、新しい地理学はどこにあるのだろうか。新しい臍、新しい人間性はどこだろうか。一体どこ？

数カ月の間、憤怒は堂々巡りをしていた。私は、あいつらの医学を投げ捨てた。あいつらの本を全て放り投げた。あいつらの映画とあいつらの絵画に唾を吐きかけた。私は大学都市の自室に閉じこもった。感情の屍、思想と情念の屍が私の中でうごめいていた。私の中では、昼も夜も、太陽も月も、星々も木々も、死体のように生気を失っていた。人間の日常生活に住み着いている小さな詮索好きな神々も同様だった。ヴォドゥの偉大な神々はといえば、遥かな遠い存在となり、私たちのゲットーとなった島で亡命を強いられていた。

けれども、ある朝のことだった。鏡を見ると、自分の両目の中に、これまで見たことのない光が揺らいでいた。申し分ない活力が顔の上にみなぎっていた。内なる声がこう語りかけた。「決断するときだ、ハイチのゾンビよ、この世の救済は女たちのところにある！　その素晴らしい潮流に飛び込め。大学都市にだって、あらゆる風土、あらゆる幻惑の女たちが見つかるさ。目も眩むセックスを持った女たちと寝るんだ！　この〈地理的放蕩学〉をおまえの掟と希望にするのだ」

声は子どもの頃の枕に感じた柔らかさと清潔さを彷彿とさせた。私は甘えるように火照った頭と傷ついた心を枕の上に乗せた。「地理的放蕩学」ということば自体、空に昇る雲雀の新鮮さで私を眩しく打った。そんな言葉は、あいつらの辞書にあろうはずがない。それは生れたばかりの裸の言葉だった。その輝かしさは忌まわしい虚偽とは無縁であり、その陽光の車輪にはどんな子供の屍も結びつけられていなかった。世界の嘘や欺瞞の発生以前の言葉だった。それは私の目に、血に、睾丸に、天地創造の第一日目をもたらした。女の突飛さ、女の激しい熱、味わい、眩暈、それらすべてが、この語の充実した音節の中に籠められていた。

地理的放蕩学（ジエオリベルテイナージユ）

この語の音節が放つ光明によって私は発見したのだ。パリ大学都市にはありとあらゆる国の女たちがいるのだ。女たちの多くは、生命へのディオニュソス的奉仕の才を備えていた。女たちは私の南半球となったり北半球になったりした。女たちは生命の上げ潮だった。大地の電流が流れる臍であり、太陽と月と四季と収穫を保護する偉大な神経インパルスだった。良きもの、正義、理想、真実、美と善、驚異、特異さ、普遍性、そのほか昼と夜のありとあらゆる抽象的概念が、ベッドに横になるや否や、若い女性の胸、口、下腹、あるいはオルガスムの輝く叫びとなり、現実となった。

私は女たちと隔たりなしに結びついた。私には女という宝を探査する才能があった。私が選んだ女たちは、完璧な顔、豊かではち切れそうな体つき、尊大な乳輪の丸い乳房、長くくっきりとした堂々たる腿、丸みを帯びた知的でしなやかな膝、華奢な足首、自由への闘争の初日のようにきりりとして神秘的な膣を持っていた。

私が選んだ女は黒人あり、ブロンドあり、黄色人種あり、赤毛あり、ブルネットあり、ムラートありで、夢見るような濡れたまなざし、整った（あるいは気持ちよいほど整っていない）

目鼻立ち、調和のとれた、偉大な企てを宿したな手足、健康と抒情に震える尻、善良さと嵐の強烈な翼を備えた尻、荒れ狂う私の波浪の周囲で回転する灯台のような尻をしていた。私が選んだのは、魔術や、官能の錬金術や、大海での海賊行為に長けた手を持つ女たちだった。私が選んだのは、火山と収穫が共在し、昼と夜の崇高な燃焼をともに示すふくらみを持った女たちだった。

私が狂った青春のパリで選んだのは、私の血の肥えた土地に嬉々として攻め入ってくる腰と、私の両足の骨に締めつけられて歩く足を持つ女たちだった。私は、それぞれの身体の夢中にさせる幾何学に応じて女を選んだ。大きくて、ラッパのように広がり、寛大で、健康な頬のようふっくらした恥丘を持つ女たち。屈託がなく、純粋で、温和で、無垢な顔つきの女たち。子どものような仕草の、予言者のような仕草の、燃える石油の堂々たる仕草の女たち。私はカリブの君主のような尊大さで女たちに近づいたわけではない。数千年来の男の偉そうな態度とは無縁だった。

その正反対だった。私には誇りも、策略も、軍人の空威張りも、猛獣の荒っぽさも、不実な雄たちの千年以上つづく下品さもなかった。ただただ女たちの方へと、妖精たちの方へどこまでも向かっていった。波が岸に、雨が木に、太陽が大地に、月が収穫物に、生命が生命に向かうように、女たちの永遠の春に向かって一飛びに跳ねた。私は女たちの満潮の香りの中で背筋を伸ばしたり、腹這いになったり、女たちの裸が放つ陽光の中で背筋を伸ばしたり、腹這いになったりして身を持した。そして私は女という宇宙の百科事典的な知識に到達した。私は女たちの本性の奥底にある秘密のコードを夢中になって解読した。女たちの愛の、嫉妬の、優しさの、希望の、信仰の、怒りの、善良さの、悪意の、苦悩の、背徳の、母性のほとばしりと馴染みになった。歓喜の中で、女たちの輝く地理を一ミリ四方ごとに踏査した。女たちの髪のあらゆる神秘、キスの大いなる冒険、動きの曲線、雌の匂いの化学的錯乱を聖書のように知った。私は女たちの味の調査リストを作った。私は女たちの黒い肌、白い肌、黄色い肌、グリフの、グリメルの、ムラートの、サカトラの、マラブーの〔植民地時代に作られた用語。様々な割合の混血を表す〕肌を奪う大海賊となり、いわゆる人種の交配による遺伝的変化を魔法のルーペで追った。

私は何千もの土地の測量を行なった。へこみやニキビを測量し、小爪やイボを測量し、女の肉体のあらゆる錯乱を忍耐強く測量した。私はあらゆる科学と魔術に助けを求めた。サイバネティックスとヴォドゥ、精神分析とサントゥリア〔キューバでヴォドゥに相当するもの〕、海中探索と宇宙探査、婦人科学とヨガ、人体計測と仏教の禅、考古学とカバラ、原子力研究とマクンバ〔ブラジルでヴォドゥに相当するもの〕の研究にすがった。

女たちは私の『マハーバーラタ』、私の『リグヴェーダ』、私の『ギルガメッシュ叙事詩』、私の『アヴェスター』〔ゾロアスター教の聖典〕、私の『詩経』、私の『生活に疲れた者の魂との対話』〔古代エジプト文学〕、私の『太陽の賛歌』〔アッシジの聖フランシスコの祈り〕、私の『メリカラー王への教訓』〔古代エジプト文学〕、私のメソポタミア語文法書、私のアッシュールバニパル図書館、私の『七週間の孤独』、私のアダム全曲集

〔アダム・ド・ラ・アルはフランス中世後期の作曲家〕、私の『ポポル・ヴフ』〔キチェの神話〕、私の『聖書』、私の『千一夜物語』、私の『タルムード』、私の『コンスタンティノープル年代記』、私の『鳥たちの集会』〔ファリードゥッディーン・アッタール作の長編詩〕、私の『精神的マスナヴィー』〔ジャラール・ウッディーン・ルーミー作の詩〕、私の『バーガヴァタ・プラーナ』〔ヴィヤーサ作〕、私の『パドマサンバヴァ〔チベットに密教をもたらした人物〕の偉業』、私の『ミラレパ〔チベットの仏教修行者〕の一生』、私の『カーマ・スートラ』〔古代インドの性愛論書〕、私の『モンゴル（元朝）秘史』、私の『古事記』、私の『コーラン』、私の『チラム・バラム』〔古代マヤの予言書〕、私の『キエウ伝』〔ベトナムのグエン・ズーの長編叙事詩〕、私の『パララトン』〔ジャワ諸国の年代記〕、私の『玻璃宮大年代記』〔ビルマの年代記〕、私の『洗礼者ヨハネによる福音書』、私の『イリアス』、私の『オデュッセイア』、私の『アンティゴネ』、私の『女魔術師たち』、私の『事物の本性について』〔ルクレティウス作〕、私の『ベーオウルフ』〔英文学における最古の伝承の一つ〕、私の『ブィリーナ』〔ロシアの叙事詩〕、私の『チャカ』〔トマ・モフォロ作〕、私の『イーゴリ軍記』、私の『ニーベルンゲンの歌』、私の『ロランの歌』、私の『ドン・キホーテ・デ・ラ・マンチャ』、私の『神曲』、私のシェイクスピア悲劇、私の『交響曲　第九番』、私の『人間喜劇』、私の『戦争と平和』、私の『ユリシーズ』、私のヴォドゥのロアたちの本、私のあらゆる時代の魅惑的な神話だった。

女たちの傍ら、女たちのオルガスムの輝きの極限で、私はウトナピシュテム〔『ギルガメッシュ叙事詩』の登場人物〕であり、アティボン・レグバ〔ロアの一人〕であり、キリストであり、ハイチのウンガンのアントワーヌ・ランゴミエであり、ブッダであり、オグゥ・バダグリ〔ロアの一人〕であり、孔子であり、アグゥエ・タロヨ〔ロアの一人〕であり、マホメットであり、ダンバラー・ウェド〔ロアの一人〕だった。優しい妖精たちに対し、私は情熱的にカーリダーサ〔古代インドの作家〕であり、ミレトスのターレスであり、ヒッパルコス〔古代ギリシャの天文学者〕であり、プトレマイオスであり、ルクレティウスであり、スウェーデンボリであり、レオナルド・ダ・ヴィンチであり、デカルトであり、パストゥールであり、アインシュタインだった。

　女たちの肌の熱帯のもと、猛り狂った嵐のさなかにあって、私はデサリーヌ〔ハイチ独立の父〕であり、ボードレールであり、ベアハンジン〔ダホメ王国国王〕であり、レフ・トルストイであり、フサイン・イブン・アリー〔イスラム・シーア派第三代イマーム〕であり、シャンゴ〔ナイジェリアのヨルバ族の神〕であり、カオナボ酋長〔ハイチの酋長〕であり、エイブラハム・リンカーンであり、アルフレッド・ノーベルであり、シベリウスであり、モテズーマ〔ヴィヴァルディの歌劇『モテズーマ』の主人公〕であり、李白であり、ベートーヴェンだった。

　私はまた、女たちという広大な庭における狂ったような真珠取りであり、黒バラの園芸家であり、白海藻を探す者であり、美しい形を求めた錬金術師であり、私掠船の船長であり、数学者であり、叙事詩人であり、ウンガンであり、炭坑夫であり、ギリシャ正教司祭であり、識字教育者であり、魔術師であり、蛇使いであり、星使いであり、炎を飲み込む者であり、教皇であり、猛獣使いであり、鳥刺しであり、悦楽を運ぶものであり、愛撫についての博士であり、宇宙飛行士であり、地図学者であり、サイバネティクス専門家だった。女の庭で、私にとっての永遠が始まるのだった！

二

そうして私は、この惑星のエロス的資源の正確な地図を作成することができた。地理的放蕩者の地図には次の国々の恵みに関する情報が記されていた。ハイチ、フランス、スウェーデン、ブラジル、キューバ、インド、ダホメ〔現ベナン〕、チリ、ギリシャ、日本、アルメニア、ビルマ、タヒチ、アルゼンチン、セネガル、マルティニック、アルジェリア、チェコスロバキア、マダガスカル、ポーランド、ケニア、トルコ、いわゆるポルトガル領ギアナ、アメリカ合衆国、アイルランド、ティエラ・デル・フエゴ、ハンガリー、メキシコ、オランダ、ザンジバル、イタリア、スンダ列島〔東南アジア〕、大英帝国、イエメン、グアドループ、エジプト、ソビエト社会主義共和国連邦、ガーナなど。私は味わいのある水平の世界を作ったが、そこでは冷戦も、鉄のカーテンも、帝国主義も、北大西洋条約も、核爆発も、クー・クラックス・クランも、植民地支配も、国家理性も、鉤十字も、黄色い星も、アパルトヘイトもまったくもって論外だった……

さらに、私が最も驚き、嬉しく思ったことの一つは、この両半球図上の世界の力関係が、戦後世界と無関係だったことだ。たとえばアメリカ合衆国は、アメリカ大陸の北にわずかな場所を占めるだけだった。アメリカ合衆国が小国と見なされる一方で、カリブ海に浮かぶ島々ハイチ、キューバ、マルティニックは広大な領土となっていた。チリもまたブラジルと同じくらい大きかった。ヨーロッパではフランス、ハンガリー、スウェーデン、ポーランド、イタリアが驚くべき面積に広がっていた。アフリカではダホメ、エジプト、ケニア、ザンジバルが広々とした国境を持っていた。アジアでは日本がオーストラリアよりも広かった。バリはソマリアとジャワを併せたよりも大きかった。タヒチはそれだけで第七の大陸だった。ソビエト社会主義共和国連邦の地理も同様に混乱していた。ソビエトの共和国の序列は大きく変えられていた。シベリアとヨーロッパロシアを合わせてもジョージア〔グルジア〕よりも小さかった。中国でも地方の縮尺がやはり大きく変わっていた。インドでもスペインでも同様だった。ベトナムは私たちの通常の地図のアメリカ合衆国の境界を遥かにはみ出していた。

　大陸諸国は私の「新・二十世紀地図」の上で、時々暴力的な怒りに駆られた海の腕に打たれる島々になっていた。その時、島々はジャン・ボダン〔一五三〇－一五九六年、フランスの経済学者、法学者〕が『共和国』第五巻に記した不信を裏付けているように思われた。すなわち、「島民は疑うべき相手である」。リュシアン・フェーヴルと同様、私は既知の島、予想される島、未知の島が船乗りたちに常に及ぼしてきた特別な魅力を知った。かくして、オーストリア共和国、ウガンダ、パラグアイ、とりわけイスラエルの豪華な島国性は私の想像力を魅了した。

　ノヴォシビルスク諸島、アデレード島、アイスランドのような極地は、それぞれの女たちの気候のおかげで、今や熱帯のもとに照り輝いていた。同様の革命は、農業及び工業の原料の土地でも明らかだった。スウェーデンでは丁子、ナツメグ、ショウガなどのスパイスが製造された。シチリア、トリニダード、スコットランドではダイヤモンド鉱山が発見された。ウクライナでは高品質のバニラが作られていた。サトウキビは至る所で熱っぽく伸びていた。ノルウェー王国とギリシャのコーヒーの生産はブラジルと互角だったし、穀物に関してはコンゴの麦はカナダの麦と同じ価値があった。カンボジアの蜂蜜はどこでも需要があった。しかしこの国は少しもその独占権を持っていなかった。私の諸大陸のどこででも良い蜂蜜が見つかったからだ。アルジェリアのワイン、ハイチのラム酒、キューバのタバコ、アンゴラのトウモロコシ、セレベス島〔インドネシア〕とグリーンランドの唐辛子についても事情は同じだった。沿岸地方では真珠が採取された。黒真珠、白真珠、黄真珠、シャビーヌ〔黒人の男と混血の女との混血（あるいは混血の男と黒人の女との混血）〕真珠、サカトラ〔シャビーヌと同じ〕真珠、カルトロンヌ〔黒人の血が四分の一入っている混血〕真珠、メチス〔混血〕真珠など。交配真珠はひっぱりだこだったが、それらのベッドの中で太陽は決して沈まなかった。私の地図の中に戦略的な原料生産国を探しても無駄だった。地理的放蕩が私に与えたものは、官能的なまでに平和な今世紀のヴィジョンだった。（おそらく戦争を想起させるものが一つあるとしたら、それは私の地図が参謀本部の地図のように精密だったということだ。）

　私の地球儀には、たくさんの処女地があった。それらの土地については、いまだいかなる情報も並べることができなかった。私は長い間、スタンリー〔一八四一―一九〇四年、アメリカの探検家〕とともに処女林の幻影を夢見た。遠くから眺める時、それは比類ない美しさで人々を魅了したが、中に入ろうとすると、なつかず、つれなく、男の鋤に対して身を閉ざした。私は南緯五十度を通って、一万千の処女地の海峡を発見した。いくつかの地域について私が描いた図面は、数世紀前の図面、かつての地図や羅針儀海図と似ていた。そこにはラテン語の文字や、風に打たれるアレゴリーや、私のトゥーレ〔世界の北端と信じられていた場所〕やアトランティス大陸に関わる忘れがたい伝承が書かれていた。私は既知のエロティックな世界の一番端に、次の碑文を刻んだ。

ここより雌ライオンたちの地なり

この文字が読まれたのは、ヴィエルジュ島〔ブルターニュ地方〕、セントヘレナ島、バチカン市国、ネパール、ニュージーランド、ベルギー、マリー・ガラント島〔グアドループ〕、アラビア半島の幾つかの公国、モナコ、トルキスタン、中国、ラップランド、オクラホマ州、タンガニーカ、イラク、モンゴル国などの未知の国境地域においてだった。

それでも、私はこれらの「見知らぬ未開拓地」について、自分がヘロドトス、ポセイドニオス、ストラボン、マルコ・ポーロ、クリストファー・コロンブス、ヴァスコ・ダ・ガマ、アメリゴ・ヴェスプッチ、クック、サヴォルニャン・ド・ブラザ、ピサロ、ナンセン、マゼランのような探検家の集団の中にいると感じていた。私は傲慢にも考えた。もしもこれらの土地のどれかを発見できたなら、私の名は海峡、湾、川の蛇行、国の名となって輝くだろう。運が良ければ、優しき平和主義者の名を美しいアメリカのどこかに残せるかもしれない。

そのために、私の帆船は決して眠らず、船上のランプは常に灯されていた！　目の前にある世界には人種差別も、戦争の経済学も、漂流する祖国も、関税障壁も、特権も、金銭欲も、教区も、捕食性のドグマも、砂漠も、地震も、独占も、身心の大異変も、獰猛な獣も存在しなかった。

愛情よ、見渡す限りの愛情よ！　国から国へ優美に移動するのに必要なビザは、健康と生きる喜びだけだった。これらのビザは私の顔の上に輝いていた。遠くから、これらのビザはその持ち主が人間であることを告げていた。私はある惑星の市民だった。この惑星は太陽を回る軌道上で、私の二十五歳の血を、地理の中でも最も狂気と甘美さを備えたものに与えていた。

三

私は自分の地図を寝室の壁に貼っていた。来る日も来る日も地図の前で過ごした。しばしば真夜中、私の血が旅に出ていない時に、私は起き上がって海岸線を修正した。そして、誤って極地に置かれた島の位置を直したり、居住地域（エクメーネ）を見てまわったりした。

その度にアフリカ、アメリカ、ヨーロッパ、オセアニアで女たちの気前のよい土地が新しい表情を見せてくれた。私は至る所で、私の貪欲な生にまだ明かされていない神秘を探し求めては、それを包囲し、閉じ込めた。そして既に述べたように、私は魔術と芸術と詩と科学のまなざしで一つ一つ念入りに観察したのである。地球の全表面を舞台にして自然、愛、労働、美、愛情の光景が繰り広げられるのを目の当たりにしたのである。

地理的放蕩者としての私は、時に応じて新しい信仰の布教者の素質や、モラリストや自然主義者の素質、最も多くの場合には世界と人生を変える行動の哲学者の素質を自覚した。

私は地理的放蕩学におけるパスカル、モンテーニュ、ダーウィン、フンボルト、ヘーゲル、マルクスだった。時には純粋に冒険家としての感動を追い求めることもあった。行動圏に境界はなかった。なんと多くの国で太陽が沈まなかったことか！　なんと多くの山頂が登頂不可能と言われながらも、私に宝を差し出したことか！　どこに行っても、地理的放蕩学の途上で出会う様々な土地の習慣、風習、歓喜、芸術、伝統、味わい、気質について、私はなんと多くの人間観察を行なったことか！　高い壁に守られて眠っているなんと多くの帝国が、私の筋肉の接近に不意に目を覚ましたことか！　至る所に、一風変わった悦びもあれば人の心を打つ壮麗な魅力もあった！　求めに応じた女たちの静脈の中を私の赤血球が大小の旅をする途上、なんと多くの冒険と驚きがあったことか！

こうした発見と再発見の夜の間、偉大な画家の才能が私の両手の中で目を覚ました。私は自分の探検を壮麗なイラストにした。カードを幾枚も描いた後、肉感的な中世の画家よろしく、空想と途方もない大胆さで装飾をつけた。十二世紀の細密画家になって、私は狂った想像力を駆使してベネチアの偉大な旅行者に似つかわしい物語を描いた。新たに土地が探検されるたびに、新しい版画を作った。地理的放蕩学は私の時間の全てを奪った。地図の作成は昼の時間の全てを占めていた。そして夜になると満帆を掲げて出航し、いつでも「陸だ、陸が見えるぞ！」と叫ぶことができる、あの海へと進んで行くのだった。

　私はパリを突き進んだが、そのパリが地理的放蕩学においてはマルタ共和国であり、キプロス共和国であり、スエズであり、アゾレス諸島〔ポルトガル〕であり、パナマであり、シンガポールだった。私は自由に酔いしれ、風に運ばれるに任せた。地下鉄に乗ったり、バスやタクシーに飛び乗ったりしながら、時に好きなディドロのフレーズを喉が枯れるほど繰り返し唱えた——「自然は従者も主人も与えなかった。私は法を授けることも受け取ることも望まない」あるいは、スティーブン・ディーダラス〔ジェイムズ・ジョイス作『若き芸術家の肖像』の主人公〕かサン・テグジュペリの『星の王子さま』の「おまえは他者の主人にも、奴隷にもなってはならない」という言葉を。そうした言葉は羅針盤の代わりだった。時折私は、エッフェル塔の先端まで上らなくてはと感じた。自分の行動圏を視野に収めるためだった。パリの街は光に満ちて白く波立ち、足元に広がっていた。光の一つ一つが湾となり、岬となり、島となり、半島となり、私の海洋生物として血を目覚めさせるのだった。私の前に、自由な海への果てしない出口が開けていた。

　ある春の夜、私はエッフェル塔に上り、耐えがたいほどの愛情を胸に、沖を眺めた。見渡す限り、パリは貪欲さで輝いていた。そこかしこで、パリは官能的で扇情的なうねりに波立ち、私の異国の体が渇望する耕作を受け入れる媚びを見せていた。改めて、私の犁が皮肉にも錆びついて餓死するようなことはないと思った。パリは肉づきがよく、肥沃で、耕すべき新しい土地を無限に約束していた。街は丸みを帯びた体を見せていた。パリはエクゾチックで豊かな、あらゆる丸みの母であり、私という絶対的渇きの船腹にその波を打ち寄せていた。パリは、私の脳の周囲に雌の重く熱い波を巻き付けてきた。時間が経つにつれて、この処女林を思わせる見事な街の抱擁が私の生を容赦なく締めつけていき、にわかに宇宙的苦悩の湿った葉むらで私は押さえつけられ、息苦しくなった。それまで聴いたことのなかった一つのくぐもった声がこう叫んでいた。千年生きるとしても、お前の飽くことを知らない視線の下でうねる海を耕し切ることなどできるはずもない。「おまえの寝室に架かっている地図は、人間的充足なるものの不吉なカリカチュアだ」と声は言い、さらに続けた。おまえが無から引き出したつもりの地理的放蕩学などヨーロッパが差し出した新手の策略で、今世紀の新たな茶番劇だ。おまえが発見したものなど何一つないのだ。あれらの愛らしい身体、エクスタシーの果てを目指す大航海によって遠くに行ったつもりかもしれないが、あそこ、あの監獄島、おまえが生まれた通りを出たわけではない。おまえは廉価版のマルコ・ポーロでさえないのだ。おまえが大航海者だって？　笑わせるな！　どんな田舎のロメオだっておそらくもっと遠くまで航行しているぞ！　裏庭で威張り散らす哀れなオデッセウスよ、あわれなオリヴィエ・ゾンビよ！　さっさと虚空に身を投げるんだ！

私は苦しまぎれに両手を鉄の手すりによじらせていた。私は鉛の靴を履いたイカロスだった。内的宇宙の声がなおも揶揄と嘲弄で私を責め立てた。オリヴィエ・ヴェルモンよ、おまえは沼の濁った水に揺れる小さなクラゲにすぎない！　おまえは包装紙で作った小舟だ。大人になれないぐれた餓鬼が手放さない小舟さ。おまえは大地が産み落とした最悪の反社会的ニグロなのだ！　おまえの地図、それを私の地図だ、新世界だと騒ぎ立てるが、ハッハッハ、そんなもの海洋の果てに忘れ去られた島だよ。自然が造った中でも最悪の島ではないか。学生部屋で独りよがりの世界地図の上に屈み込んでいるおまえは孤立無援なのが分からないか。はらわたを食い散らされた岩の上のプロメテウスでさえおまえほどではない。

叫びたい欲求に私の喉は締めつけられた。けれども叫びは出てこなかった。涙が溢れ出て頬を伝った。私の眼差しの中のパリの夜景は、乳白色のぼやけた固まりになった。ノン、ノン、ノン！　夜の抱擁が私を締めつけてやまない。喉は今にも張り裂けそうだった。もう何も見分けがつかなかった。パリも星空も私の運命も蒸気になって溶けた。私の臓物も、心臓も、過去も、地理的放蕩学も、信仰と希望も、世界の全ての苦悩もろとも、地上のガス状の物質に入り交じった。あと一押しあれば、私は人間の悲嘆が霧のように拡散する宇宙へと雲のように漂い出るところだった。その時だった、私の声が出た。手負いのライオンのような迫力だった。エッフェル塔の頂から立ち昇る火柱を思わせた。女たちの名前が私の唇の上で小さな破裂音を立てた後、パリの空をつんざく音になって爆発し空へ放たれた。
パリの夜の営みが不意にすべて止まって、私の叫び声に聞き入った。

アンナ、ルルド、アーシャ、
マリア、シタ、グレタ、
ギュネル、ベアトリス、ヤミール
ジョス、ザザ、イングリッド
イズー、イザベル、ドゥニーズ、
ノルマ、シマ、アリシア、
ティ・リリ、ドリス、マリナ
リタ、ティ・シャット・シェリ、アルガ・マリナ
エヴリン、ピア、セトナ
ドロシー、エリカ、ルドミラ
アメリカ、ロト、ナターシャ
アルジャンドラ、ルツ、アナカオナ
イロナ、ロール、レイラ
リダ、グラジエーラ、ドローレス

ゼルマ、タマール、メリッサ
メルセデス、テルマ、ネフェルティティ
コンスエロ、ソニア、マドレーヌ
マルティーヌ、ディーナ、クレオ
ビアン・エメ、ローザ、バテシバ
シュザンヌ、リリアン、カロママ
オルガ、ロリータ、バルバラ、
イイズ、ルネ、アムール、
アルバ、ナンシー、ズデンカ
ロッティ、ネジェ、オーロラ
ティティ、カルメン、エディット
シャンタル、エティエネット、フランス、
オデット、フランソワーズ、エステール
ヴァージニア、オレイダ、コロンバ
イエッタ、セシール、イシス
カリン、ドミニック、サンタミーズ
ディオティマ、マリリン、サンドラ

ロッテ、グラディス、ジーナ
モナ、エドナ、ヘレン
タマラ、ヨランダ、ヴェラ
マディ、アンパロ、ヒルダ
マーガレット、シスター・エマ・ド・ロサンゼルス、ギータ
エリザベス、クリスティーナ
ジェミラ、ナタリー、ディト
ミミ、フランカ、ネリー
アナベル、ブリジット、アサンタ
ヴェロニック、ジーズ、ナティヴィダッド
パオラ、フェリシタ、アントニア
ソレダッド、ジジ、ファナ・マリア
イリナ、エデル、ドレイヤ
フロランス、アンジェリカ、レイモンド
フロール・ド・ロータス、ヴァレリー、マルレーヌ
リベルタッド、ロゼナ、グラース、
パトリア、ニーナ、ジスレーヌ

マファルダ、シモーヌ、ラザラ
ラシェル、マルグリット、アイーダ
ルー、マルガリータ、デリス

これらの全ての名前、そしてここに含まれていない数百の名前が、私の世界地図の国々の数に呼応した。栄えある日に、私は名前の一つ一つを前にして、海の夜に向かって叫んだものだ。陸だ、陸が見えるぞ！

それらの名前は羽をしばし羽ばたかせた後、薄暗い川の上で枯れ葉に変わっていった。川は、私の悲嘆の三百メートル下を流れていた。声を出しているうちに、次第に私は感じはじめた――虚空に身を投げるんだ。最後の名前にたどり着いたら、私の孤独の最後の岬を回り切ったら、ただ一人の恋人を腕に抱くために身を投げるんだ。彼女こそが、失われた私の幼少期を永遠に揺すってくれるだろう。だが、何本かの手が延びてきて私を取り押さえ、エッフェル塔のエレベーターへと引きずり込んだ。私は楽園の島々の名前を叫び続けた……一つの手が私の口にハンカチを突っ込んだ。私は気を失った。

意識を取り戻した時、私は真っ白なむき出しの壁の小さな寝室に横たわっていた。傍らに一人の看護婦が立っていた。大手術の後のように私は空っぽで、自分が自分でなくなったようだった。私は何かを言おうとした。若い娘が人差し指を自分の唇に当てた。私は再び深い眠りに落ちた。私は数日間、観察下におかれた。その後、面会が許可された。医者たち（そしてとりわけ看護婦たち）は、病院に駆けつけてきた女たちの数に驚いた。誰もが私の顔色を見て安心した。てっきり私が拘束衣を着せられ、なおも口から泡を吹いて失われた島々の名前を呼んでいると思い込んでいたのだ。だが私は打ち解けた様子で、何についてもにこやかに落ち着いてしゃべっていたのだ。私はパリの最良の太陽に伴われ、取り巻かれ、浴びていた。私は、それぞれの女たちの言葉を聞き、晴れやかな喜びを感じた。

数日後、私は大学都市の自室に戻ることを許された。最初にやったことは、壁にかかった地図の前に立つことだ。地図を見ると淡いメランコリーを感じた。小学生の時の一冊のノート、思い出と埃をかぶった古い一冊のノート、死ぬまで捨てないでいる古い一冊のノートをめくる時に人が感じるようなメランコリーだ。年月が経つにつれ、そうしたノートは千年樹の半ば魔術的な美しさを獲得し、雨、風、鳥、ミツバチ、庭、人生の情熱について多くのことを教えてくれる。自分の地図を見つめて、その日、いくつかの固い決心をした。一つは日記に書き留めておいた。最初の数行をここに書き写す。

三月二十四日

まだ探るべき海がある。今、おまえの中に人間の過去と現在と未来がある。世界の本当の臍を見つけに行くがいい。おまえの一生は海の一生よりも豊かなものとなるだろう。かつて西洋のドン・ファンは、自らの虚無と向き合った時、自殺するか修道院に入るかのどちらかだった。そしていつの日か、彼は道の途上に神を見出すのだった。
アルベール・カミュが有名なエッセー〔『シーシュポスの神話』〕の中でドン・ファンの悲劇を思う時、彼はドン・ファンの姿を「丘の上の、人里離れたあれらのスペインの修道院の一つの個室」の中に見出す。「そして、もしも彼が何かを見ているとしたら、それは過ぎ去った恋人たちの幻影ではない。おそらく、焼けるように熱い銃眼を通して、彼はスペインのある静かな平原を、美しくて魂を持たない土地を見ているのであり、そこに彼は自分の姿を見出すのだ」

　おまえの頭脳の中に神が降りてくるとしたら、それはヴォドゥおなじみのロアたち、ダンバラー・ウェド、アティボン・レグバあるいはオグ・バダグリのどれかだろう。しかし、彼らは後進国のつつましい神々で、我々の山丘（モルヌ）に僧院を建立するだけの手だてを持たなかった。そんな僧院があれば一つの深淵に幾つもの視野を開くだろうから、おまえの人生もそこに自分の姿を認めることができたかもしれない。

　たとえ自分の心において、手において亡命はしていても、立ち上がるのだ。そして故国の山丘（モルヌ）で探すことだ、人間存在を満たし、夢中にさせる行為とは何かを！

夕立

リオデジャネイロに到着してから、イロナ・コシュートは宵の時間をたいていはマルガレータと私と共に過ごしていた。私たち三人は、映画、レストラン、キャバレー、サッカーの試合にも一緒に行ったものだった。テレビを見ることはほとんどなく、三人でイパネマのアパルトマンにいる夜は、もっぱらおしゃべりをして過した。とはいえ、会話は主に若い二人の女性のあいだで交わされていた。イロナは、スウェーデン語とハンガリー語という私には未知の二つの言語を話した。両親がブダペスト出身で第二次世界大戦前にスウェーデンに移住したのだった。そして、マルガレータのフランスの両親はスウェーデン出身であった。

二人の会話が私の興味をひくような時は、マルガレータがイロナの言葉を翻訳してくれた。ブラジルに話が及んだ時がそうだった。そもそもリオでブラジルを話題にしないことなどありえようか。イロナはおそらく私たちよりも一層リオに魅惑されていた。この街すべてに魅了されていた彼女の目には涙がにじむことさえあった。彼女の口から街の名前が発せられると新鮮な果物の香りが立ち昇った——フラメンゴ、グローリア、カテテ、ボタフォゴ、ラランジェイラス、コパカバーナ、イパネマ、モーホ・ダ・ヴィウヴァ、レブロン、サンタ・テレサ。リオに魅せられたイオナに話させると、シネランディアの雑踏やリオ・ブランコ通りの熱い群衆も新鮮なそよ風を思わせた。彼女は、高級住宅街の貴族や人種差別主義者のブラジルも、スラム街（ファヴェーラ）と郊外の想像を絶する下層民のブラジルも、みなアフリカ人の魂を持っていると思っていた。

私たち三人はリオの公園を訪れては生い茂る植物の前で息を呑んだ。植物の緑の色調と海の翡翠の色とがこんなにも官能的に合致しているのを、私はカリブ海では一度も見たことがなかった。イロナとマルガレータと私は、多肉植物が空想の極みまで昇りつめうることを発見したのである。

その年、サンタ・テレサ街はまだブーゲンビリア、ヤシの木、バナナの木が繁っていて隠れ家になっていた。さわやかな木陰とタイルで飾られたベランダと欄干はバルコニーになって、無垢の世界がその前に開けていた。ただ、リオの祭典でイロナとマルガレータを苛立たせたものが一つだけあった。それは、グアナバラ湾に沿った街の際限なく曲がりくねった連なりだった。隠微な尻と腹でできた区画は、おそらくブラジルのマッチョにとっては楽園のモデルだった。「神がこれほどにも曲線を愛している」都市に住んで夢みるためには、内臓のような湾曲空間から離れて、ポン・ヂ・アスーカル、モーホ・ドイス・イルマォンス、コルコバード、セラ・ドス・オルガノス、ガベアの高みに登らなくてはならない。海辺の標高では快楽しかなく、夢見ることはできないと女性陣は強く決めつけていた。

　マルガレータは私の返答を翻訳した。

「君はついこの間リオに到着したばかりだから、そんなことを言っているのだね。まだリオのカーニヴァルを体験してないから。ブラジルの想像力が噴き出したら、リオの街は、低い海辺でも足や腰、腹を使って、幻視する頭の高みと同じくらい素晴らしい夢を生み出せるよ」

　私の二人のヨーロッパ女性は、どちらも勝るとも劣らず美しかったのだが、ブラジルのあちこちの生活空間に丸みを与えている女性の曲線美に囲まれ、自分たちが「無粋に角張っている」と感じていた。二人に媚びるわけではなかったのだが、コパカバーナのビーチで見た二人の体の曲線にはブラジル人女性のたえざる動きの神秘と同じくらいの眩暈を覚えたと伝えると、二人はどう答えたらいいのか分からないといった素振りを見せた。

　リオの女性（カリオカ）が身体を揺らして動き、それに比べると他国の女性が眠そうな世界に見えるのは、その美が自然界のリズムに乗っているからである。彼女たちは決してこのリズムから離れない。立っているときも、横になっているときも、歩いているときも、あるいはセックスしている時も。世界における彼女たちの存在の音楽的律動は、なにも派手に膨らんだビキニブラや、ふっくらとしたお尻のおかげではない。君たち二人の中にも、このすばらしさがある。すべて備わっているのだ。二人は幼年期から夜のリズム、木のリズム、風のリズム、大地と空の水のリズムに身を任せないよう教えられてきた。でも、このリズムは二人の内部にもある。二人の血の音楽的言語なのだ。

この会話をしてから少し経ったある土曜日の午後のことだった。マルガレータと私は日曜大工をするために家にいた。組み立てたばかりの棚に百冊あまりの新しい本を並べなければならなかった私たちは、その作業をしながらモーツァルトの協奏曲を聴いていた。すると、呼び鈴が鳴った。それは手伝いに来てくれたイロナだった。彼女はビーチから直接やって来た。二十歳の女性からは、焼けた塩とハンガリーもしくはスウェーデンの森の動物の匂いが発せられていた。彼女が持って生まれた青い瞳の中にはリオの空が揺らめいていた。そして、彼女の存在はモーツァルトのさわやかな音色とすぐに一体化した。

「雨が降りそう。海から嵐が来るわ」と彼女はポルトガル語で言った。

「だったらいいね。ここに来てからまだ君は本当の熱帯の雨を見ていないのだから。雨のことはよく知っているんだよ。小さい頃には水の奇跡が降っていたものだった」と、私は言った。

最初のしずくが、サロンのガラス窓にぶつかり音が鳴り始めた。次の瞬間にはもうイパネマの空から豪雨が降ってきた。帆布のように堅く織られた布切の他、外にはもう何も見えなかった。リビングの中は心地よい薄明かりに照らされていた。マルガレータとイロナの髪は、嵐とランプのかすかな光を放っていた。

イロナは湾の方を向き、唖然としながら午後の大洪水の猛威に息を凝らしていた。

突然、イロナはブラウスとブラジャーを脱いだ。胸が雨のリズムとともに揺れ動いた。マルガレータと私は、震える手で本を置き続けた。するとイロナは、一種の至福の中でスカートとパンティーをも下に滑らせた。彼女はリオデジャネイロの雨が作り出した最も美しいブラジル人女性であった。イロナからマルガレータへ何かが通じあった。私の妻も同様に服を脱ぐと、友人のそばに行った。二人の生命がブラジルの空模様のリズムに合わせて振動していた。

私は欲望とよろこびから、どうにかなりそうだった。カリブに生まれたものの魂はブラジル人であった私は、「白い神々」をよろこびの道へと案内した先端の割れた蹄と角を持つディオニュソスではなかった。内部の血のリズムに身を任せたイロナとマルガレータは、我らがアメリカの大地の神秘へと優雅に入ってきた。

今度は私が服を脱ぎ、窓際に行く番だった。突如、私は自分の幼年期の衝動を見出した。はるか遠くに聞こえるモーツァルトの穏やかな甘さは、私たちの人生を魅惑する水と溶けあった。サロンのカーペットで、私はイロナと狂わんばかりの旅をしていた。背中には同じくらい狂おしいマルガレータの曲線を乗せていた。その午後の雨ほど記憶から消し去りがたいものはない。

ティスコルニアの婚礼

一九五二年十月のある日の夜七時頃のことであった。建物の唯一の入口であるドアは、一時間前にアロンソ伍長によって施錠された。麗しい妻エヴリンと一緒にティスコルニア〔不法入国者を管理する施設がある地区〕の収容所内に抑留されていた私は、個室の鉄のベッドの上に服を着たまま横になった。その日は他の抑留者たちと一緒に食堂で夕飯をすませた後、捕虜収容所の所長であるキャプテン・ソーサ・ブランコから許可をもらってエヴリンに会いに行った。エヴリンはティスコルニアの食事にアレルギー反応を起こし、蕁麻疹だけではなく高熱も出ていたので前日から医務室にいた。彼女はかなり憔悴していたが、それはアレルギーのせいではなく、ナポリ発のベンヴエヌート・チェリーニ号がハバナの港に錨を下ろして以来、私たちに降りかかったトラブルのせいだった。

その年、アメリカ大陸に亡命することを考えていた私たちは、亡命先としてホセ・マルティ〔キューバの著作家、革命家〕の祖国を選んだ。前年の冬に、パリの大学都市で出会ったキューバ人の友人が、生まれ故郷を「砂糖と忘却に苦しむ国」と吹聴していた。ここ半世紀、キューバは自国のアイデンティティに背を向けてはいたが、優れた人たちを輩出し続けているのだということだった。こうして私たちは、キューバに希望の帆を見出した。

ハバナに上陸するや、横暴な警察が私たちを待ち構えていた。次の日の新聞やラジオで私たちの名前は、おどろおどろしく「緑のカイマン〔「カイマン」は鰐の一種。有名な歌から来た言葉だが、ここではキューバを指す〕の命を危険にさらす国際伝染病」に結びつけられて報道された。エヴリンと私は、冷戦からはほど遠い、甘い愛を思わせるカップルだったのだが、知らないうちに現代版ペスト菌の保菌者にされていた。白い肥沃な腹から、金、短機関銃、合法的殺人や汚職が一緒くたになって生み出される共和国に私たちの居場所はなかった。

私たちを尋問したキューバの警官がエヴリンを別の場所に連れて行き、こう尋ねた。「一体どうして、あなたほど美しく聡明で洗練された白人女性が、赤く日に焼けた横柄なハイチ人のムラートに連れられてキューバに来たのか」と。彼女は返事をする代わりに警官に平手打ちをくらわせたので、ほどなく移民局長の秘書は「一九〇二年の軍令一五五号、一九二六年の大統領令一六四四号、一九三九年の大統領令九三七号に対する明白な違反」により私たちを国外へ追放する命令を、何かに憑かれたかのようにタイプしたのであった。その二日後の午後遅く、私たちが抑留されていたティスコルニアに次のような文書が届けられた。

キューバ共和国
内務省
移民局

判決

判決理由——去る十月二十六日に、ハイチ市民、成人、既婚のジャン゠ポール・エジナールならびにエヴリン・エジナールの夫妻は、本県のティスコルニア収容所に連行された。ナポリ発の蒸気船ベンヴェヌート・チェリーニ号で同日に港に到着した両名は、キューバ領事によって発行されたビザは携帯していたが、帰りの切符を所持しておらず、さらには混血の夫婦である。セニョール・エジナールはムラート、セニョーラは最良のコーカサスタイプの白人女性である。

——上記の乗客はこの共和国に上陸し滞在するための要件を満たしていないため、二名を運んできた蒸気船のキューバ国内における受託会社の費用で、ティスコルニア収容所に収容されることが決定された。

——蒸気船ベンヴェヌート・チェリーニ汽船のキューバ国内における受託会社は、キューバの現行法に従い、このデポジットを乗せて帰り、滞在及び乗船港までの帰還費用を負担すること。一九〇二年の軍令一五五号、一九二六年の大統領令一六四四号及び一九三九年の大統領令九三七号に関する規定。

上記に基づき、委任された権限において、以下の判決を下す。

決定

第一――ハイチ市民ジャン゠ポール・エジナール及びエヴリン・エジナールの夫妻をデポジットとしてティスコルニア収容所へ収容。ただし、トランシルバニアのハンガリー出身の両親を持つ白く美しいフランス人とハイチ人ムラートという反逆的な夫妻が、キューバの現行移民法が求める条件を満たしていないにもかかわらず、二人をこの共和国まで導いたベンヴェヌート・チェリーニ汽船のキューバ国内における受託会社の負担によるものとする。

決定

第二――違法で不道徳なデポジットを、ヨーロッパにおける乗船港あるいは黒人が国籍を有する国まで帰還させること。また同社は、上記の措置に基づき、キューバでの滞在費及び帰還費用を支払うこと。

すべての有益な目的のために蒸気船ベンヴェヌート・チェリーニのキューバ国内における受託会社が情報を得るよう、関係各所ならびに各省大臣に伝達すること。

一九五二年十月二十八日、ハバナ
キューバ共和国移民局総局長
イグナシオ・エルミド・アントルカス博士

私たちの小部屋に置かれた書類はこれだけだった。持ってきた本の箱とバッグは没収されていて、残されていたのは洗面具入れと洗濯された数着の服だけだった。私はキューバ当局が追放令の根拠とした「判決理由」を暗記するほど読み返した。妻のエヴリンは一緒にいないし、ティスコルニアでの時間つぶしにと、この書類の言語分析を少しばかり試してみることにした。私たちの追放を決めたこの国における、冷徹な司法的潔白さに隠された象徴的機能を探ろうと思ったのだった。

これらの「判決理由」を読むと、その時代に生きていた一部の同時代人の目にどのように映っているかが初めて分かった。というのも、極端に先進国ぶった公文書をみると、五〇年代のキューバは、まるでノイローゼ状態にあり、国の歴史も泥沼にはまっているようだった。たとえば、「デポジット」という言葉はこの島では有名だが、人に対して使っている点に誤りがあった。私はこの島の人の混血婚に対する態度を楽しみながら文章を解読した。自分の記憶も辿りながら、この国で使われている言葉の意味がどのような変化を遂げてきたかを想像した。それから私は、そんな言葉の定義の数々がエヴリンと私にあてはまるかどうかを、まるでクロスワードパズルでもするように一つ一つ考えてみたが、そんなことをしていたら二人のもろいアイデンティティは凍死しそうだった。

このようなことに思いを巡らせていると、収容所の扉の鍵を回す音が聞こえた。返事をしたのはアロンソ伍長だろうかと考えた次の瞬間には、たしかにそれが看守を務めるアロンソ伍長の間延びした声だということが分かった。

「心配ご無用、セニョーラ。すぐにすべてが上手くいきますよ。多分、明日の早朝には旦那さんが来てくれますって。ちゃんと電報も送ったんですよね。じゃあ、泣く必要なんてないでしょう。きっと明日の今頃はサンティアーゴ・デ・クーバで新婚旅行中ですよ。キューバの東部の海岸は新婚夫妻がうっとりするほど甘い雰囲気なんですよ」

アロンソ伍長は、悲しみにくれる若い女性に熱心に話しかけた。その女性がエヴリンということはありえなかった。

「それに、ここは政治犯の収容エリアですから大丈夫。正面の建物は通常の犯罪者のためのものですけどね。今晩は、船が出発する晩だというのに酒を飲みすぎてタラップを登れなかった貨物船員たちを収容しています。他には詐欺師とカジノのペテン師、それに元大統領カルロス・プリオ・ソカラスにドラッグを供給していた有名なマリワネロス〔マリファナの喫煙者〕もいます。昨年三月に起きたバティスタ将軍のクーデターの後、彼らは牢屋にぶち込まれました。新しい大統領は国内すべての土地で政策を一新したんです。この建物内であなたの部屋の近くにいるのは、ある夫婦のみです。男はムラートですが、その妻はあなたと同じくらい白い肌なんですよ。それに、あなたと同じくらい品があって美しい女性で。しかしね、私たちの共和国には混血夫婦の居場所はないのです。ですので、二人は来たところに戻されるまでです。では、おやすみなさい、セニョーラ。お名前は何でしたっけ？」

「ソレダード・コルテス・ガルシアよ」

「おやすみなさい、セニョーラ・ソレダード」

「おやすみなさい」

二

私は音を立てずに起きようとしたが、簡易ベッドはわずかに動くだけで軋んだ。私はしばらく横になっていた。病的ともいえる警戒心を持っていた私は、警察が妻の病気につけ込んで私の近くに、いわゆる「羊」を解き放ったのではないかと勘ぐった。警察のいつもの手口ではないか。アロンソ伍長は、受刑者を油断させるために建物のドア付近で小芝居を打ったに違いない。次々と披露されるお決まりのセリフ――花嫁、ハネムーン、東部の海岸などなど。警察ども、何をやらかしてくれているのやら。もちろん私はウェディングドレス姿の羊にバラを贈ることはしないつもりだ。私は、ベッドから一気呵成に起き上がると、建物の中央ホールに向かった。ソレダード・コルテス・ガルシアは、狭いロビーに座っていた。ロビーの反対側にも独房が二列並んでいる。彼女はまるで夏の夜遅い時間に生家で涼んでいるかのように、ロッキングチェアでしずかに揺られていた。

「こんばんは（ブエナス・ノーチェス）、セニョーラ」

「こんばんは（ブエナス・ノーチェス）、セニョール」

　彼女はすぐにうつむいた。そばには、様々な色のラベルをつけた大きいスーツケースが二つ置かれていた。私はまた、航空会社が一般の乗客にサービスで提供するようなキャビンバッグがあるのにも気がついた。ブルーの背景に黒い文字で「IBERIA」という単語がはっきりと浮き上がっていた。若い女性は黒いスーツに白いブラウス、イヤリングを身につけ、頭にはシルクのスカーフを巻いていた。卵形の顔にアーモンド形の目をしていて、手は入念に手入れされていた。彼女の口元は表情豊かで、軽蔑や喜びを表現したり、困った時にとがらせたりするにはうってつけに見えた。

「はじめまして。ジャン＝ポール・エジナールです」

「ソレダード・コルテス・ガルシア」

彼女は起き上がろうとしながら、手を差し出した。

「どうぞそのままで。お目にかかれてうれしいです。スペインの方ですよね」

「はい、セニョール。アンダルシア出身のスペイン人です」

「ロルカと同じですね」と、私は最初から会話を得意分野に誘導しようとした。

「ええ。フェデリコ・ガルシア・ロルカ、われらが偉大な詩人です。私の出身の村は、ガルシア・ロルカの故郷フエンテバケーロスから数キロのところにあるんです。ドン・フェデリコの作品はお好きですか？」

「ええ、とても。戦争直後にパリで彼の劇を見ましたよ」

「どの劇ですか」

「『ベルナルダ・アルバの家』とか『イェルマ』、『素晴らしい靴屋の女房』」

「『血の婚礼』も見られました？」

「見ました。マダムはどの作品がお好みですか」

彼女は一瞬、私の質問に誘惑の罠を嗅ぎとるように躊躇した。

「『血の婚礼』です」

彼女は、耳まで赤くしながら答えた。

「どうしてですか」

「というか、ロルカの戯曲はどれも好きなんです。私たちのことそのものですもの。たとえば『血の婚礼』では、死と愛が同じ歩みで進んでいくのです」

「愛し合う者は運命の風に抗えないのですね」

「アンダルシアではよくあることです」

「少し座って、ご一緒してもよろしいでしょうか」

「もちろんですわ(ポル・ファボール)、セニョール。どうぞ楽になさってください」

彼女の向かいのロッキングチェアに座った。ソレダードの生命感に溢れるのびやかな脚線美を前にすると、待ち伏せされているように思えた。なるほど、キューバのシークレットサービスめ、大枚をはたいたものだ。エヴリンと私が、冷戦のサファリというか猛獣狩りにおいて、そんなに大きな獲物だったとは。だが、ソレダードが話すのを観察するにつれ、私が立てた仮説は彼女の中にあるスペインの太陽によって蒸発してしまった。彼女の物腰や言葉、彼女がはにかむ様子には、装っているとは思えない自然さがあった。グレーがかった緑色の瞳が落胆のせいで大きくなっているのも茶番劇には見えなかった。とはいえ、私は警戒心を解かなかった。若い大学教授の前に送り込まれるのは、額の狭い月並な事務員ではなく、言葉を選びながら話し、少しは文学的な会話ができる若くて魅力的な女性であるはずだろうから。

ソレダード・コルテス・ガルシアの広い額から数々の言葉が自由に湧き出てきて、彼女の尖った舌の上、それから純白な歯の上で少しためらい、彼女の言葉に愛くるしい果実の風味を加えた。私はスペインについての知識を頭の中で総動員し、ドン・キホーテやアビラの聖テレサ〔スペインのカトリック神秘家〕、ケベード〔スペインの黄金時代を代表する作家、詩人〕やマヌエル・デ・ファリャ〔スペインの作曲家〕、またマチャード〔スペインの詩人〕やロペ〔ロペ・デ・ベガ、スペインの劇作家〕、ゴヤやドン・フェデリコに助けを求めて、この魅力的なスペイン人の謎、アロンソ伍長が十月の夜にこの刑務所に送り込んできた女ゲリラの脚を持つ見知らぬ女性の正体を突き止めようとした。

　ソレダードの問わず語りに耳を傾け始めてから二時間ほどすると、彼女の語ることこそ、ティスコルニアでこのように私の前に座る以前の彼女の生活こそが、偽りなき彼女の姿なのだと認めたい気持ちが募ってきた。私は混乱の中で自問した。ソレダードとは、彼女の舌、歯から発せられる生気あふれる言葉そのものではないのか。しかし、私は持ち前の警戒本能を取り去ることができなかった。私よりも遠い過去にさかのぼる本能なのだ。私の下腹を熱くさせる要因からしても、心の奥底では、ソレダードこそが今晩私とナイフで戦うことになる強敵であって欲しいものだと思えた。勇敢に自らのアイデンティティを守ろうとする人たちに、警察は堕落した人間のイメージを捏造してから火炙りにするものだが、それにしても、彼女の話を聞けば聞くほど、彼女はＳＩＭ〔軍事情報サービス〕のシークレット・エージェント部隊の精鋭隊員でもなく、私を火炙りにするために送られたのでもないと認めざるをえなくなってきた。私は甘受せざるをえなかった。ソレダードが私の目の前で仮面をはずし、感情が溢れ出す生き生きとしたスペインでの過去の中に、誠実に、情熱的に、ソレダード・コルテス・ガルシア自身が現れるのを。

三

彼女は一九三〇年にアンダルシアの由緒ある家柄の家庭に生まれていた。内戦前コルテス・ガルシア家は、ヘニル川沿いのビジャヌエバ・デ・メシアスで最も美しい家に住んでいた。ソレダードは唯一の娘で、二人の兄がいた。ソレダードが三歳の時に母親が産褥で亡くなったため、彼女は祖母であるマルガリータ夫人の家に預けられた。亡くなった夫はリベラルな思想を持った検事で、マルガリータ夫人はローマ皇后のような雰囲気を漂わせていた。前世紀の終わり頃、まだ若かりし夫人は、ヨーロッパおよびアメリカ大陸横断の旅をした。そして、同世代の教養ある人々がみなそうであったように、スペイン帝国の衰退について自問していた〔ロルカはいわゆる「二七年の世代」に属しており、一八九八年の米西戦争の敗北に衝撃を受けスペインの衰退を反省した世代〕。彼女には人生において三つのことに大きな情熱を抱いていた。それは、まず西暦八〇〇年から一〇〇〇年にかけての中世期スペイン、闘牛、そして庭の植物だった。ソレダードが子供だった頃、この三つのうちはっきりと現実のものとして感じられたのは庭だけだった。イスラム支配下時代のスペインに関しては、マルガリータ夫人の記憶の中でのみ魅力が保たれていただけだった。コルドバ王国の知恵と美、たとえばあらゆる言語で五十万冊の本を所蔵する七十の図書館のことや、六百のモスク、九百の公衆浴場、アンダルシアを地中海の天国に変えた潅漑システムのことなどについて、もはやノスタルジーとともに語ることもしなかった。闘牛に関しても、マルガリータ夫人が最後に観戦したのは、ソレダード誕生の数年前、プリモ・デ・リベラの独裁政権下のセビリアに滞在した時にまでさかのぼる。

そんな中、新たな情熱がドナ・マルガリータの中に生まれたのは一九三〇年代のことだった。他の二つにとって代わったこの新たな情熱のことを家族の中で知らない者はおらず、ソレダードは特別な想いを持って回想した。それは、ガルシア氏の未亡人であるドナ・マルガリータ・メレンデスと隣村のガルシア・ロルカ家がいわゆる親族関係にあったということだった。詩人とドナ・マルガリータの死後、あの名高い「アンダルシアのナイチンゲール」ことガルシア・ロルカの姓がグラナダ州だけでなく、スペイン全土にありふれた苗字の一つであることが分かるまで、ソレダードはこの言い伝えを心に刻みながら幼少期を過ごした。

ソレダードは祖母がこの言い伝えを吹き込んだことを恨まなかった。というのも、当時はロルカの名前と作品が非合法化されていたが、祖母のおかげで、思春期の終わりには相続した書庫の中で、大切に革装を施された「フエンテバケーロスの伝説上のいとこ」の初版本を読むことができたからだ。

十五歳になる前のソレダードは内戦後の過酷な現実と折り合えず、スペインの典型的なイメージに頑として心を閉ざしていた。彼女の頭の中では、月、ナイフ、ジプシー、噴水、フラメンコ、サパテアードは皆、同じ墓穴に横たわり、治安警察の制服を着た角の生えた巨人の足で踏みつけられていた。祖母の故郷アンダルシアについて残っている記憶は、おぼろげな光のようなものでしかなかった。だが何年か後、マドリードで暗い灰色の日々を過ごしていた時にその光が再び見出された。その穏やかで心地よい光には、ドナ・マルガリータの威厳あるショールや、格子窓のある彼女の家の石、ゆったりとした時が流れる午後を思わせるものがあった。しかし、ヨーロッパを破壊し尽くした戦乱の恐怖のせいで沈黙と太陽は一つとなり、ドナ・マルガリータの家の庭のオレンジの木とナイチンゲールも沈黙したままだった。十七歳になってソレダードがマドリードで高校を卒業する頃までに、古き時代の沈黙の丘と分かちがたく結びついたこの光が溶け合ったのは、ロルカの詩や戯曲が密かに彼女の孤独な肉体に投影した輝きだった。

ソレダードの小学校はビジャヌエバ・デ・メシアスにあった。父親がヘニル川左岸のモラレダ・デ・サファヨナに数ヘクタールのオリーブ畑やブドウ畑を所有していたので、毎年夏休みには、その近くの渓谷で兄弟と再会した。そんな夏の日で一番記憶に残っているのは、地元の馬のブリーダーだった叔父にピノス・プエンテのバザーに連れて行ってもらい、赤褐色のポニーに乗せてくれたときのことだった。彼女は鞍を付けずに乗り、ポニーが道端の溝や水たまりの上を跳びはねても怖くはなかった。

戦闘機が澄み切った空を高く飛び、夕方になると彼女の父親は様々な前線のニュースについてオーナーや近隣の農家と話し合い、大人たちの顔は異様に伸び、表情は硬くなった。しかしソレダードにとっては、良い足と良い目を持っていたこのポニーがスペインのイメージだった。大人の会話の中で絶えず繰り返され、いつも非道なイメージと結びつけられていた「赤」という言葉も、彼女にとっては夏休みの小さな馬の服の色でしかなかった。馬は草地を裸の子供たちと走り回っていて、そこからは雪を冠したシエラネバダの山のふもとが遠くに見渡せた。

後に、ソレダードはマドリードの叔母の家に住んだ。彼女が住む国は、大量出血の後の孤立した国であり、ヨーロッパに来る者にとってはイベリア半島からの入口だった。ドナ・マルガリータは革命の敗北後、あまり生き長らえなかった。どこまでも人民戦線勢力を信じ、希望を抱いていたのは、家族の中で彼女だけだった。

一九三六年の秋以来、ラ・パショナリア〔スペイン人民戦線の象徴的存在。本名ドローレス・イバルリ・ゴメス。スペイン民主化のプロセスの中で重要な役割を演じた〕の写真が、輝きを失った深紅色のベルベットのカーテンをバックにして、リビング・ルームの古いソファとアームチェアの上方に飾られていた。ドナ・マルガリータは、過ぎ去ったスペインの動物の寓意をたたえるタペストリーの代わりに、この写真を置いた。彼女は、カサホ大佐〔カスカホ大佐の誤記と思われる。ロルカの逮捕と銃殺に一定の役割を果たしたと言われる〕の命令により、ヘニル谷に駐屯していたモール人外人部隊がカルデロン・デ・ラ・バルカ通り十八番に来ると伝えられたときも、この偶像を取り去るのを断固として拒んだ。その際、ドナ・マルガリータは、屋根裏の塵の中からドン・ミゲル・ガルシア・ボバディヤの火銃を急いで取り出してきて、熱心に注油し、二つの大きな薬莢とともに昼夜手元に置いた。彼女は家族に向かって、さらには村の壁に向かって、ケイポ・デ・リャノ〔スペイン人民戦線政府に敵対し反乱軍側についた将軍。ロルカ殺害を命じたという説がある〕の「ごろつき聖職者」が彼女の格子戸を開けることがあれば、散弾の雨で出迎えてやると繰り返していた。彼女は、当時八歳のソレダードに武器の扱い方を教えた。もし自分が倒れたら、彼女が言うところの「スペイン史上最大のペストの流行」に、最後まで抵抗し続けてほしかったからである。

フェデリコ・ガルシア・ロルカの暗殺後、ドナ・マルガリータはますます過激になった。夫人の年齢や教養を考えると驚く程の激しい怒りをあらわにして、朝から晩まで家の中を闊歩した。ファランヘ党員を「カーキ色の服をきた汚らしい小カリフ」と呼んでは罵詈雑言を吐いた。そして、溢れる涙で皺を濡らしながら、やる瀬ない様子で同じことを繰り返し言うのだった――「かわいいソレダード、やつらは私の甥フェデリコの首を掻き切ったのだよ。庭のナイチンゲールも千年先まで鳴きやしないわ。鋤と犂の刃は剣と大砲に変わってしまうだろうし、アンダルシアのカーネーションや噴水にとっても、フラメンコやオレンジの木たちにとっても、これから長い間、人生は苦しみでしかなくなるんだよ。私の哀れな可愛いソレダードよ。おまえのことが案じられるよ。フエンテバケーロスのおまえの従兄のロルカも、赤栗毛のポニーも、スペインの灯火もなくなってしまったのだから。カディスに上陸したのは恐ろしいカリフ〔フランコ〕なのよ、ほんとうさ」気が触れたかのようにドナ・マルガリータは、古い散弾銃の木部に触れた。それから、ガーネット色のカシミヤのショールに顔を埋めてすすり泣きながら、ソレダードを抱きしめるのだった。

一九三九年二月のある晩、マドリードのバリケード上で共和国が息を引き取った時、ソレダードの父は娘に田舎暮らしをさせることにして車で連れ戻しに来た。ある噂が執拗に流れていたのである。もしモール人外人部隊がビジャヌエバ・デ・メシアで職務を果たさないのであれば、デ・ビジャペサディィリャ侯爵の率いる「義勇民兵」がヘニル川を渡って、「フエンテバケーロスの不吉な吟遊詩人の老叔母を黙らせる」という決断をしたというのである。ソレダードの目の前で父とドナ・マルガリータの間の激しい光景が繰り広げられた。父親は祖母を「老いぼれのアカ、一家の恥、とんでもない女」呼ばわりし、ソレダードを家の外に引っ張っていきながら、庭からこう叫んだのだった。

「おまえの命も時間の問題だ。売女の共和国と同じさ。この老いぼれ雌犬。家の者たちが言っていたことは本当だったんだな。おまえは、無政府主義者のミゲル・ウナムーノと浮気をしてドン・ミゲルを寝取られ亭主にしたんだ！　とうとう今日、おまえがどうしていつもサラマンカへ行っていたのか分かったよ。可哀想に、お前の亭主は浮気されていたことも知らずに、あの世に行ったんだ！」

その夜、ドナ・マルガリータは黙り込んでいた。彼女の反逆的な血は、激高した一家の主によって永遠に奪い去られたソレダードのためにだけ流れていた。

事実、ソレダードは三九年二月に突然訪れた離別の後、祖母に再び会うことはなかった。マドリードの叔母イネスの家に住んでいたが、十四歳になるまで、ガルシア氏の未亡人ドナ・マルガリータ・メレンデスの最期はソレダードにひた隠しにされていた。ある日、わざわざマドリードまでソレダードに会いに来た祖母の幼馴染が、ドナ・マルガリータが三九年秋のある午後勇ましく倒れたと教えてくれたのである。

ソレダードが祖母の家を去り、ファランへ党が勝利してからは、ドナ・マルガリータの無謀さは留まるところを知らなかった。彼女は、ケイポ、カサホ大佐、デ・ビジャペサディリャ侯爵、および一九三六年七月以来首都およびアンダルシアの共和派の村に恐怖をふりまいていた反乱派のリーダーたちを、悪しざまに言うだけでは満足はしなかった。彼女は公然と人々に蜂起を呼びかけた。三九年十月末に、彼女は、調査委員会を設立してローラ・デル・リオ〔アンダルシアの小さな町〕での虐殺の首謀者を見つけ出そうとさえした。セビリアのケイポに近い人たちから情報を得たと言うのだ。「植民地軍〔フランコ軍のこと〕はユーカリの林で数千人の不服従の農民たちを囲い込み、生きたまま火を放った」と言うのである。人々はドナ・マルガリータの行動に尾ひれをつけて大袈裟に噂した。ドン・ミゲル・ガルシア・ボバディヤの未亡人、つまりドナ・マルガリータが、近くのシエラ・アラナで、ゲリラの拠点を築こうとしているという噂さえ立った。

そんなある午後、モール人外人部隊と「義勇民兵」の派遣部隊が家を取り囲み、ドナ・マルガリータに降伏するよう宣告した。彼女は襲撃した者たちを散弾で迎え、ひとりをあの世に送り、いく人かに怪我を負わせた。休むことなく銃を撃ち続け、弾薬が尽きると、家に火を放って炎の中に消えていった。後に作戦に参加した士官が語ったところによれば、老婦人は銃を撃ちながらも、時折窓に姿を見せては軍人たちに罵りの言葉を投げつけるのだった。ドナ・マルガリータの罵倒があまりにも悪魔じみていたので、カルデロン通りの木々でさえ、不意の秋に襲撃されたかのように葉の色を落としたと言う者もいた。

この小説のような死に様からさかのぼること半年前、三九年の春に、ドナ・マルガリータは本箱を幾つか友人の一人に預け、「スペインで始まった永遠に続く砂漠を、ソレダードの希望と愛が横断できるように」、しかるべき時が来たらソレダードに渡すように言い残した。

ドナ・マルガリータの死後、「アカの未亡人」としての彼女の評判は、残された家族たちにも悲惨な結果をもたらした。ソレダードの父は軍がカディスに上陸するや否や降服に同意したが、以前ソレダードの父と金銭上のいざこざがあった新政権の一部が、フランコの勝利の後、ドナ・マルガリータの件につけ込んで面倒ないざこざを引き起こした。彼らはオリーブの木立に火を放ち、家畜を毒殺するところから始め、次に匿名の手紙を送りつけてきた。手紙は悪意に満ちていて、「わいせつな作品の中で治安警察の名誉を傷つけたガルシア・ロルカと縁戚関係にあるビジャヌエバ・デ・メシアの年老いた魔女」と血縁があるというものだった。

ソレダードの父、ドン・フランシスコ・コルテスは、潰瘍持ちで高齢にもなり、新しい政権への恭順を声高にのべることにも疲れ、ある日、農機具や家畜、土地を売り払い、ソレダードと二人の息子と汽車に乗って、マドリードの妹イネスの家にやって来た。ドン・フランシスコは肺炎の発作に見舞われ、翌年の冬に亡くなった。ソレダードは、埋葬の日の朝、冷たい雨に打たれつつ帰宅する途中、自分の名前ゆえにそれまでにもまして暗澹たる人生に運命づけられていると感じたのだった。

ほどなく彼女は、独裁国家が新しいスペインを作り直すにつれ、日々視野が狭くなっていくイネス叔母さんを軽蔑し始めた。ドナ・マルガリータが予見したとおり、十六歳から二十歳までの間のソレダードの人生は、文字通り砂漠だった。彼女は古典文学を読み漁り、ロルカや他の愛する作家たちと部屋に閉じこもることで自分を慰めた。共通点が一つもない兄弟と会うことは滅多になく、ある晩、彼らが母方の祖母のことを呪っているのを耳にしてからは、二人との関係が完全に切れた。中学時代の友人も二、三人いたが、彼女たちの話題はマドリードの社交界の動きに大騒ぎするようなものばかりで、ソレダードはなるべく会わないようにしていた。

彼女は恋をしたかった。けれども、イネス叔母さんが交際を許してくれる青年は、日曜日の大ミサの後にサンフランシスコ・エル・グランデ教会の前庭でのデートを厳粛に提案するような、もったいぶった慎重なお坊っちゃま（セニョリートス）だった。

この類いの若い紳士たちは、ゴンゴラ〔スペインの詩人〕もセルバンテスも「カトリック君主の国スペインを、青白いウズベク族のソビエトに危うく変えてしまいそうになった者たち」の直接の祖先だと考え、それを公言していた。

そのような中で、ソレダードは家で本を乱読するだけでなく、心や身体の中で秘密のアンダルシアを形作っていたドナ・マルガリータ（ドミナ）の記憶にも引きこもるようになった。セラーノ通りの家では、彼女があまりの美貌を備えていたので、ほどなく当時の有力者の子息の中から理想の結婚相手を見つけるだろうと話していた。このような話を耳にすると、ソレダードは怒りに震え、スキャンダルを避けるために自分の部屋に駆け上がっていった。

　彼女は自立するために働こうとしたが、叔母イネスは、ドン・フランシスコ・コルテス・モンテロの娘がオフィスやデパートで、たまたまその場に居合わせたマドリードの平民と身を持ち崩すわけにはいかないと言った。一九四九年彼女は大学に登録したが、初めて出席した哲学科の学部の授業で、教授のポストにあった男が、ドン・マルセリーノ・メネンデス・イ・ペラヨ〔スペインの中世詩の研究で知られる〕、ウナムーノ、ヒネル・デ・ロス・リオス〔スペインの哲学者、教育学者〕、ガニベット〔スペインの作家〕、バリェ゠インクラン〔ガリシア出身で十九世紀後半を代表する作家〕、アソリン〔スペインの小説家、文芸評論家〕、バローハ〔スペインの小説家、医者〕、アントニオ・マチャード〔カスティリアの台地を歌った詩人〕をペテン師たちと軽蔑して一掃し、「これらの輩の自由思想がマドリードのバリケードに薪や鉄や火薬を提供していたのだ」と話すのを聞いて、嫌悪感から後ずさりした。

　このような言葉を聞かされて、ソレダードは、屈辱と怒りに顔を青白くして家に戻った。スペインの「ファランへ化」に脅かされている彼女の世代と禁書とされた自分の蔵書を嘆き、さらには鏡に映る自分の胸を嘆いた。鏡には、自分が生きる平板な時代にとって、あまりにも高らかにそしてあまりにもこれみよがしに抒情的な胸が映されていた。

その後、流行の思想が何を意味するか分からないまま、彼女は漠然と自らを実存主義者だと感じていた。スペインで二十歳の日々を送るのは不幸だった。朝から晩まで、彼女はリラックスすることができず、叔母イネスの家具と凡庸さを窓から投げ捨てる勇気もなく、さらには出生や環境を変えたり、自分の気持ちや好みにあった人と結婚することで新しい環境に暮らしたりすることもできず、飼い主の後ろを離れない老いたプードルのような根源的な無力を引きずっていた。知り合いのなかでは、誰一人として内なる反抗について理解を示してくれる人はいなかったし、自分をこんな状態に陥れた人たちに怒りを向けることもできなかった。それは、たえず堂々巡りをする冷戦であり、冷戦は卵巣の中ですら続いたが、彼女は顔を赤らめる他になすすべがなかった。

五〇年の秋には無力感が漂っていた。そのころ彼女は、裕福な商人と結婚しサンティアーゴ・デ・クーバに以前から住んでいる親戚の話をイネス叔母さんから聞いた。ソレダードは、祖母が一九一二年頃キューバに旅行に行った時のことをよく話してくれたのを覚えていて、そんな思い出と記憶の中の「私はサンティアーゴに行く」と題するロルカの詩が混ざりあった。祖国内での辛い亡命生活よりもましな亡命地をこの遠くの街に見つけたいと彼女が考えるにはそれだけで十分だった。彼女はキューバの従妹に手紙を書いた。何通か実もないやりとりをした後で、従妹のドナ・オルテンシア・ガルシア・サンチェスは、スペインの若い女性と文通したがっている若い建築家が街にいると伝えた。自分の苦しみを海で癒したかっただけのソレダードは、下心なしにこの提案に飛びついたのだった。

こうして五一年には、ドン・オクタビオ・アルバレス・コメルマスと彼女の間には文通による友情が生まれた。彼女はサンティアゴの文通相手の斬新な考え、快活さ、アイロニックな優しさを発見した。当時のマドリードの仲間はまったく持ち合わせていなかったものであった。手紙が来るたびに心は燃え上がり、何らかの理由でオクタビオから二週間便りがないと、彼女の心の中には空虚感が広がった。

彼の写真が欲しくなった彼女は、求められる前に自分の写真を送った。彼はいたずらっぽい目をもち、額は知的で、感じのよい顔をしていた。アメリカ大陸の建築家の顔として彼女が思い描いていた顔とは異なったひげの形と髪型をしていたが、そんなことはすぐに気にならなくなった。一方、オクタビオは写真に強い衝撃を受けたようだった。というのも、彼が写真を受け取って間もなく、愛の告白をするのではと思わせる手紙がソレダードに届いたのである。この解釈は間違っていなかった。オクタビオから来た次の手紙には、結婚の申し込みが記されていた。彼女は返信でこの申し出を受け入れた。彼女の叔母は異議を唱えなかった。実はオルテンシアから状況を知らされていて、この建築家は「サンティアーゴ・デ・クーバの上流階級」に属し、「有名なバカルディ・ラムと近い親戚関係」にあったことも知っていたからで、叔母は胸をなでおろしたのであった。

オクタビオと彼女は、数カ月前に委任状を使って入籍を果した。当初は、婚約者の家族と知り合えるよう、またスペインで式を挙げるために、オクタビオが五一年の冬の終わりにマドリードにやって来ることになっていた。しかしその間、新郎が工事現場で足を骨折してしまい、結婚の延期を避けるため、この策を生み出したのであった。

ある三月の朝、サン・ベルナルド通りの公証人の前で書類にサインし、彼女は法的地位を変更した。彼女はソレダード・コルテス・アルバレスとなり、ガルシアという苗字、果実や無口な鳥に囲まれたグラナダの木は音もなく静かに幼年期の神話世界の存在となった。

夫は、イベリア航空の席を予約し、ハバナ空港で待っていることになっていた。出発の前日、彼女がマドリードから電報を送ったにもかかわらず、キューバに到着した時、誰も彼女を迎えに来ていなかった。出入国審査官が、現行法のもとでは帰りの切符を持っていなくてはならないと彼女に言った時から、事態は一層紛糾した。彼女は帰りの切符を持っていなかった。キューバ人と結婚したので、彼女の夫の国籍を持っていると主張した。では、彼女はなぜスペインのパスポートで旅行し、旧姓を使用したのか。彼女はソレダード・コルテス・アルバレスなのかあるいはガルシアなのか。法は二重国籍というものを知らなかった。混乱に陥った当局は、夫が結婚許可証をハバナに持って来るまで彼女をティスコルニアに抑留する決定を下した。彼女は電報をサンティアーゴに送り、事情を説明した。これが、彼女の物語であった。こんなわけで、新婚初夜を過ごす代わりに、夜の十一時に同じく収容されている見知らぬ者に自分の人生を語っていたのであった。

「人生って素敵だと思いませんか」

「想像を絶するほど素敵ですね」と、私は言った。

四

一時間後、私たちは依然として同じ場所に座り、まるで生涯の友であるかのように静かにおしゃべりを続けていた。今度は、彼女が私の物語を聞く番であった。私たちは二人とも自分自身からの追放、生まれた祖国からの追放を耐え忍ぶことができないタイプの人間だと分かり、二人は笑った。

私はエヴリンのことを話した。パリのソルボンヌ大学での出会い。それは凍てつくある朝、多くの新聞が粗悪な紙に印刷されていた頃だった。その日から、エヴリン・アブラムズは新鮮なパンと暖を私の人生に与えてくれている。それ以降、私たちはいつも一緒にいた。彼女の体の曲線は、私が人生において歩むべき道を示し、私の亡命の歩みに安心感を与えてくれた。自らの美しさに溺れることのないエヴリンを、私は誇りに思っていた。彼女は自分自身や自らの価値、さらには人知れぬ欠点やちょっとした癖を忘れ、率直で信頼に満ちた視線を人生に向けることができた。彼女はエヴリン・アブラムズの名に値する人物であった。私たちの愛を冒涜する者に平手打ちを食らわすことができたように、朝、雨や雪が降るのを見るだけで涙を流す少女でもあった。

これが私が愛した女性であった。ソレダードは、あなたは非常に幸運で、この幸運が長続きするよう、木に触れてお祓いをしなくてはと言った……

ティスコルニアの収容所の奇妙なしきたりで、真夜中に前触れなしに建物のライトが消された。しばしのあいだ完全な闇となった。しかし、収容所の通路を照らす大型電球のおかげで、徐々に心地よい薄明かりが私たちを包んだ。

「もう遅いですね。きっとお疲れでは」と、私は言った。

「今晩、初めのうちは疲労して落ち込んでおりましたが、今はとても元気です」と、彼女は言った。

「お望みの小部屋をお選びください。エヴリンと私は、廊下のつきあたりの部屋で寝ています。あいだの部屋の一つをお使いください。どうぞご自由に」

彼女は立ち上がった。私は彼女のスーツケースを手に取り、それを玄関から数メートル離れた小部屋に置いた。彼女は簡易ベッドやこの無味乾燥な光景に嫌悪感を帯びた視線を向けた。

「もうおやすみと言わなくては。よくお休みください。明日にはすべてが上手くいきますよ」と、私は言った。

「どうもありがとう（ムーチャス・グラシアス）。あなたも、ゆっくりとお休みになってください」
私は部屋に戻り、服も脱がずにベッドに身を横たえた。私はまだ眠くなかった。少し後で私は、ソレダードの足音がトイレの方向に廊下を横切るのを耳にした。シャワーの水がしばしの間流れた。ソレダードは私のドアの前を通り、それからはどんな物音も建物の沈黙を乱さなかった。手を首の後ろに組んで仰向けに横たわり、私は自分の想像力を解き放った。私は、ソレダードの話を明日にもエヴリンに話そうと決めた。私はソーサ・ブランコから二人で医務室に行く許可を得て、若い女性を妻に紹介することができるだろう。もし彼女のティスコルニア滞在が長引けば、エヴリンとのおしゃべりは、彼女にとってきっとよい気分転換になることだろう。

その後、私は覚醒と睡眠の境界を漂った。私はスペインの最高峰ムラセン山のあるシエラネバダ山脈の中におり、山のふもとでは背中に裸の子供を乗せた小さな赤栗毛の馬が疾走していた。その時将軍は、前の日に故郷グラナダで暗殺された詩人の遺体を傭兵部隊に引き渡すよう要求するためにスペイン・イスラムの奥地からやってきた年老いた未亡人の背後にモール人外人部隊を進ませ、スペイン南部の雪の残った山中でドナ・マルガリータは松明に囲まれていたが、その時サラマンカ大学の学長は彼女を救いに駆けつけようとしていた。同じ日にソルボンヌ大学の入口でエヴリンは私の光の渇望感を増幅させていて、その時、私たちはカリブ海のある国でのクーデターについて年配の方が話すのを聞いていたが、彼の演説の中で「デポジット」という言葉が蛇の頭をもたげ、エヴリンの身体は傷でおおわれ、ソレダードは庭で神秘的なバラを食む羊であったが、実はこの庭そのものが私の人生であり、そこではスピーカーが大きな声を上げていた。ソレダード・コルテス・ガルシアはキリスト教徒の中で最も美しい脚をもち、最もおいしそうなセックスをもっている……

「セニョール・エジナール？」

「セニョーラ？」

「私のこと、呼ばれました？」

「いや、どうしてですか。もしかしたら夢の中で話していたのかもしれません。奥様はお休みにならなかったのですか」

「眠りにつけなくて。この建物、なんだか怖いんです」

私は起き上がり、彼女の個室に向かった。私はドアをノックした。

「どうぞ（ポル・ファボール）、お入りください」

彼女はまだ服を着ていて、ベッドの端に私が座れるようにスペースを空けてくれた。今度は、年の暮れも押し迫る一九五二年の世界情勢に関する当たり障りのない話をした。この年は、朝鮮戦争やキューバにおけるバティスタのクーデターが起きたり、アジアの南東のどこかでは五万人を超える人が台風に飲み込まれ、他にも多くの自然災害や政治の災難によって、世界全体が動物のレベルまで退化した年でもあった。

一九五二年はアーネスト・ヘミングウェイの『老人と海』の年でもあった。この傑作は九月上旬に、ニューヨークのスクリブナー社から出版され、友人がそれを私たちに送ってくれた。ソレダードはマドリードでその本の話題を耳にしたので、私にストーリーを話してくれるよう頼んだ。「むかしむかしある老人がたった一人、メキシコ湾流の中を舟で釣りをしていました。八十四日のあいだ彼は魚が取れませんでした」ヘミングウェイの物語はホメロスの『オデュッセイア』の物語のように始まった。私はソレダードにできるだけ上手に語った。それは老人とメカジキの物語であった。メカジキは彼の舟より大きかったが、彼はそれを捕まえ、釣り上げることができた。これは、ユリシーズの、子供時代や自分自身、また追放と運命、さらにはアキレウスの幻覚と怒りに対する新たな勝利であった。物語のエピソードは私の記憶の中ではまだ新鮮さが保たれていて、それらをソレダードに忠実に語ることができた。そして、本の最後を引用した。「とても高いところにあるその小屋で老人は眠り込んでいた。彼は依然としてうつ伏せに横たわっていた。彼の隣に座っていた子供は、彼が眠るのを見ていた。老人はライオンの夢を見ていた」

今度は私がソレダードを見た。彼女は穏やかにうとうとしていた。私は、彼女を起こさないように立ち去ろうと気を付けて起き上がったが、彼女は瞼を開けた。

「すばらしい物語です。おっしゃる通りで、これは私たちの時代にアレンジされたユリシーズ神話です。世界には、平凡な岸を離れて勇敢にメカジキを釣りに行く人間と、必死にメカジキを争う素早いサメがうようよしているのです。おかげで、眠りにつくことができそうです」と、彼女は言った。

「ヘミングウェイのおかげです。まもなく飛行機であなたを迎えに来るライオンの夢が見れるといいですね」

「雄ライオンは、雌に会いたがっているようじゃないわ、そう思っているでしょ」と彼女。

「悲観することはないですよ。ゆっくり休みなさい。コートを手の届くところにおいてね。熱帯では明け方冷えるから」と私。

スーツケースの上のコートを取って、脇に置こうとソレダードの方に身をかがめた瞬間だった。そのつもりがないのに二人の手が触れたのである……

無我夢中で他の部屋からマットレスを数枚持ってきて床に敷いた自分の姿が今でも目に浮かぶ。私たちの喜悦が上昇していって体が反り返ると、鉄のベッドが近くに待機している兵士たちを起こしかねなかったのだ。裸のソレダードは私の血を伝説の矢にした。私は赤栗毛の馬になって、目玉を飛び出させて太陽とともに疾駆した。彼女の乱れた手や押し開かれた脚を直に乗せて。私は自分の腹の下で熱くなっている初(うぶ)な下腹に入っていった。処女の曙の中へとヘニル川をどこまでも下った。暁は肉と光が駆けめぐる中で豊穣になっていった。ティスコルニアにさわやかで甘い朝が訪れた時、ソレダードは私の男性的リズムで練られたパンになっていた。ほどけた美少女、多感な血の女がいた。

私たちの婚礼はちょうど三日間続いた。誰一人、私たちの秘密に勘づかなかった。刑務所で行われる日課の間は、私たちは水と油のように互いに離れていたが、アロンソ伍長が鉄格子を閉じるやいなや、ぴったりと身を寄せ合った。

この魅惑的な時を過ごしながら、私はいつも通り夕食後には診療所へエヴリンに会いに行き、数分間を過ごした。彼女のアレルギー症状は収まっており、二人が一緒に寝られなくなってから、私の目に浮き出ている孤独と不眠に同情してくれた。私は黙ってエヴリンの手を握った。私は、エヴリンとソレダードは、愛特有の遍在性によって、肉体と精神がともに輝く栄光に満ちた境界で体験することのできる、同一の女性であると悦に浸りながら夢見ていた。

この素晴らしい三日間、太陽は私たちの中で沈むことはなかった。私たちは、できるだけ遠くに行こうと、血から爽やかな水へと、再び爽やかな水から血へと行き来した。ソレダードの道はキューバの東にまっすぐに伸びていて、私の道は世界の西側のどこかへ再び向かっていた。ソレダードは家庭と自分の起源に向かって進み、私はエヴリンと新しい亡命地へと歩みを進めていた。狂わんばかりの叙情、そして水のしたたるソレダードは、アンダルシアの幼年期に読んだ詩人によって書かれた「過ぎてゆく日の歌」を二人のために繰り返し口ずさんでいた。

なんと辛い仕事なんだろう
おまえが歩みさっていくのを見るのは　日よ

たっぷりと私を含んだ日よ　おまえは過ぎてゆく
立ちもどる時は　私が誰か知らないくせに

なんと辛い仕事なんだろう
おまえの胸の上に残していくのは
もしかしたらあったかもしれない現実の
あるはずもなかった数刻を

東から西へ
わたしはおまえの丸い光を道連れにする
おまえの大いなる光が支えてくれる
私の魂は　きつく張っているが

東から西へ
なんと辛い仕事なんだろう
おまえを運んでいくのは　おまえの鳥たちも
おまえの風の腕も一緒に

私たちを魅惑していた日々の四日目の朝に、夫がタクシーでティスコルニアに突然入ってきた。金持ちの上質なスーツを着て、黒の眼鏡、流行の明るい色のネクタイを身に着けて長い葉巻を吸っていた。彼は妻を引き取りに来た。

私たちは絶望的なキスをした。私たちは、一体化していた神経が突如、永遠の別れによって片割れになってしまうことに当惑していた。ドン・オクタビオ・アルバレス・コメルマスが、若い女性に走り寄り、彼女を腕の中に強く抱くのを、私は鉄格子によりかかりながら見た。未来のない愛が浮かばせた涙が私のソレダードの眼に輝いているのを見て、彼は感動し、喜んでいたようであった。

ご挨拶

私は三カ月前に故郷に帰ってきたところだった。帰郷の熱に浮かれていたのか、私は新しいルールで生活することにした。毎晩、十キロのジョギングをし、禁酒、禁煙も決めた。アドリアナは帰らぬ人となっていて、どんな女性も彼女が私の中に残した空虚を埋めることはできなかった。それでも私は、故郷の美しさにもろい慰めを覚えた。花咲くマンゴーの木、ハチドリのつがいの乱舞、私の幼年期から変わらぬ、湾に見える帆船の往来。そんな私を見て家族は心配したが、生粋の快楽主義者である兄ディディエは、私の節制生活をあざけり続けていた。

「お前の禁欲主義は鉛のようなもので、どうせテレーズ・メリジエの火にかかれば溶けてしまうよ。少し待ちな。テテはもうすぐメキシコから戻ってくるから」

これは私の姉妹および母の意見でもあった。テテ・メリジエに再会した日には、私の人生すべてが炎と化してしまうという。私が初めてテテに会った時、彼女はまだ小さい女の子で、うちの庭の土の上にじかに座って人形をあやしていた。彼女は私を「デデおじさん」と呼んだ。私の膝の上に飛び乗ってくるテテに、人々がより良い生活を送れるよう助けてくれるロアの話をしてあげたものだった。当時のメリジエ少女の目、口、尻のどれをとっても、彼女が将来美人になるとは思えなかった。

数年後、パリで生活していた私に、彼女の近況が時々届いた。ある日、妹カトリーヌからの手紙が届き、ベネズエラのマラカイボで開催されたコンテストでテテが「ミス・カリブ」に選ばれたことを知った。ポルトー・プランス通りでは、テレーズ・メリジエを見ると、子供、学生、そして三十歳の男はもちろん七十歳の男も息苦しくなり、それどころか、おんどり、犬、馬、ある種の果樹でさえ、テレーズが通ると勃ってしまうという。ある日の午後、帰宅途中だった私は辺りに異様な雰囲気を感じた。ディディエが声をあげた時、私はちょうど上着を脱ぐところだった。

「アンドレ、安全ベルトを締めた方がいいぜ。テテが来たぞ」

「テテ！　テテ！　アンドレはこっちよ」と、私の姉妹たち。

テレーズ・メリジエが現れた。彼女は昔のように私の腕に飛び込んできた。あの時の少女は、びっくりするような美しい女性になっていた。私は驚きのあまり口を開けたまま立ちすくんだ。以前どこかでテレーズに会ったことがある気がした。あれは遠い昔、十代の頃みた夢の中だろうか？　それともある晩、裸でリオデジャネイロのビーチを駆けていた時だっただろうか？　いや、ある土曜日の午後、ハバナのサン・ラファエル通りとガリアノ通りの角でタクシーを待っていた時だろうか？　ディディエ、姉と妹、母、そしてテテ本人も、私の口からどんな褒め言葉が出てくるかと息を飲んで待っていたが、私の口からは一言も洩れなかった。私は心の中でアドリアナに謝った。

テテが口を開いた。

「すてきなニュースがあるわ。私はこんど結婚するの。誰とだと思う？」

姉と妹は、思い思いに若い男の名前をあげた。そのたびに、テテは首を横に振った。

「もう諦めてよ。実はギィ・ネルスヴァルっていう人と結婚するの。ギィはメキシコシティの医学部をもうすぐ卒業するのよ。会ったら分かるけど本当に素敵な人なの」

どうして想像できたろうか。テレーズ・メリジェの舌、歯、目、唇はもちろん彼女の胸を前にすると鉛の言葉が金の言葉に変わってしまった。

「アンドレおじさん。お願いが二つあるの。まず、私の結婚式で代父になってくれるかしら。それから、ギィがいないから、結婚式への招待を告げに行くのを手伝ってくれる？　こんどの日曜日は空いてる？」と、彼女は続けた。

次の日曜日、私は九時にメリジエ家の前でオレンジのフォルクスワーゲンを停めた。そっとクラクションを鳴らすと、テテが姿を現し、私に車から降りてくるよう言った。ブルージーンズと青いストライプのブラウス姿の彼女は、美の女王そのものだった。コーヒーを飲みながら、彼女がくれた訪問すべき人のリストに目を通した。そこには親戚数人と友人たちの名があるのみで、知人や知り合いの多くには結婚報告の手紙を送るとのことだった。市長とお互いが選んだ証人の前で行なう、完全に身内だけの結婚式を彼女は望んでいたが、ギィは自分の両親を喜ばせるため、「百人くらいの客の前で、ポルトー・プランスの大司教から祝福をうける、大聖堂での盛大な結婚式」をという彼らの意見に従った。

招待客への訪問は、ポルターユ・レオガンに住むテレーズおばさんの家から始まった。彼女は、見慣れないローマ風の鼻をして、頑固そうな口調でよくしゃべる年老いた未亡人だった。テレーズは婚約者の名前を三回も繰り返させられた。

「ネル－ス－ヴァルさん、あなたの手にはこの宝物が委ねられますが……」と、彼女は私を見つめながら言った。

「アメリおばさん、彼はギィじゃないの。この方はアンドレ・ドゥヴリェさんという昔からの友人で、一緒に来てくれただけなの」

「ギィかアンドレかなんてどうでもいいのだよ、可愛いテレーズや。おまえは、私にとってすばらしい宝物なのよ。そう、宝物。何と言うのだっけ？　幸福感に満ちた宝物。いや、私はなんて馬鹿なんだろう。聖なる宝。そう、それを言いたかったのだよ！」

「まあまあ、アメリおばさん！」と、テテは困り顔で言った。

「いい子だから、おばさんの話をさえぎらないでおくれ。今朝四時にあったミサの聖別の時に、お前が素晴らしい女の曲線に輝くのが見えたのだよ。お前、自分の身体にぴったりの男の聖体顕示体を見つけたって言うわけかい」

「それは神への冒涜よ、アメリおばさん！」

「御大層な言葉はごめんだよ。白人でもあるまいし。自分が服の下に隠し持っているパンとワインの質を分かってるのかい？　お前のことを食べたり飲んだりする男は、私と同じ意見だよ。ねえ、ネルスヴァルさん、そうでしょう？」

私は返す言葉が見つからなかったが、横でテレーズは大笑いしていた。私たちを見送りながら、アメリおばさんは私たちにあらんかぎりの健康と幸せを願ってくれた……

次はチュルジョー地区に住むある家族のもとに行った。シャイウ夫妻の住む家は蔓に覆われていて、籐家具が置かれた室内は爽やかだった。シャイウ夫人とテレーズの母は、ラリュ・シスター学校の教室で知り合ったということだった。

「たしかにあなたのお母さんはクラスで一番の美人だったけど、テテの美しさはレベルが違うわね。そう思わない、ジョセフ？」と、シャイウ夫人は聞いた。

頑健な肉体をして歳は五十代であろう家の主人は、自分の意見を言う前に私に目で許可を求めた。

「地球上のどんな審査委員でもテテに王冠を与えるだろうよ。たとえ目を閉じていてもね（そして自分も目を閉じた）。あなたは運がいいですよ！」

それを聞いたテテと私が謎めいた視線を交わすのを見て、シャイウ夫人は当惑してしまったようだった。その瞬間、シャイウ家の子供たちが突然リビング・ルームに入ってきた。二歳から二十歳までの少女七人と少年七人は全員、テテに夢中になったが、私がいることにも気がついた。思春期の女の子の一人が私を見る眼差しを、私はこう読み取った。テテほどの素晴らしい女性が、この年寄りと結婚するのは一体どうしてなの？　同じように不思議に思った少年の一人が思い切って聞いた。

「このおじさんと、結婚するの？」

「そう、彼とよ。結婚しちゃだめ？」と、テテがからかって言った。

その子は厳しい目で私を頭の先からつま先までジロジロと見た。

「彼と結婚しなきゃ」と、彼は言った。

全員が大笑いする中で、一番年上の女の子が冷たい飲み物をお盆に乗せて運んできた。

「花嫁万歳！」と、子供たちは叫んだ。

「楽しいでしょう」と、シャイウ家の歓声を背にしながら車を発進させると、テテが言った。

「今度はどこに行くんだい」と、私は尋ねた。

「えっと、ここからそんなに遠くないところに、シルフォールさんっていう両親の昔から親しい夫婦が住んでいるの。下品な人たちだけど、個人的に招待しに行かないと、あの二人、二回くらい心臓発作おこしちゃうわ。おじさんは車の中にいればいいから。私が一人で行って大急ぎで招待して来るわ」と、テテは言った。

生い茂る木や花で縁取られた小道の奥に一軒の小さな家が隠れていた。テテに言われるままに車を止めると、テテが庭の門を押し開けた。すぐに、パジャマのままのカリブの半獣神が小道に姿を現した。

「ネルスヴァルさんも、車から降りてくださいよ。テテの友達にちょっと一杯付き合ってくださいな」

喜んで私もシルフォール氏の方へ行った。

「大変心地のいい家ですね」

「私たちの巣が気に入っていただけましたか？　ネルスヴァルさんもこんな家をテレーズにプレゼントしたらどうでしょう」

「でも、私は単なる……」

「挙式は四月十五日ということでしたっけ？」

「ええ、まあ」

「今年最高の結婚式となるでしょうね」

「テレーズですから、それくらい当然ですよ」

「何と言ってもアメリカ大陸で最も美しい女性ですからね！　ネルスヴァルさんもご自分の運

の良さを認めないわけにはいきませんね！」

「……」

「結婚生活のことについて経験豊富な年寄りのアドバイスをお望みですか？」と、シルフォール氏が私にたずねた。

「下さるというのでしたら」

「そうですか、では、まず一つ目のアドバイスですが、テレーズのような女を持った場合、誰のことも信用しては駄目です。仕事の同僚を始め、兄弟も義理の兄弟も、近所の人、犬、猫、馬、ヘビ、雄鶏、バナナの木、美容師、張形、歯医者、配管工、産婦人科医、庭師、外科医、郵便配達員、電気技師、オウム、この全部が彼女を誘惑しようとする悪の種なんですから。このように素晴らしい雌馬は、もしあなたが目を閉じたら最後、次の瞬間にはもう喉の奥まで突かれてしまうはずですよ。二つ目のアドバイスは、二人の年の違いを考えて、すぐにもランビ〔海の幸でできた催淫性のドラッグ〕を使い始めた方がいいということです。そうすれば、あなたの目は男性器の辺りに釘付けになり、ズボンの中に牡牛の力を感じるでしょう！　そうそう、ボワ・コッションを味見しませんか。特級にランク付けされているトランペ〔木の根で作った催淫性の飲み物〕です！　私も年こそ取りましたが、出来ることは三十代の頃から変わりません！」

　テレーズがまた姿を現した時、私は家の主人から勧められたブランデーを味わっているところだった。テレーズの後から続いて出てきた夫人は、テーブルの上におかれている栓の抜かれたボトルにすぐ目をやった。

「見てごらんよ、テテ。この男たちときたら天国へ向かう用意をしているよ！」

「ちゃんとパラシュートを持っていくつもりならいいんだけど！」テテは答えた。

「空中曲芸でもやるつもりなんだか！　なんとまあ。いいねえ、若いってことは！」

私たちは車に戻っても、まだ笑い続けていた。私たちは楽しくてたまらず、四月の風景まで上機嫌に見えた。その空はテレーズ・メリジエの未来と同じくらいに強烈に青かった。この若い娘の魅惑的な存在は確かなものだったが、現実味がなく、私はむしろ夢に近い冒険に足を踏み入れているのを感じた。アドリアナが後部座席に静かに座り、私の心と体が安らぎを感じているのを見てくれているのがバックミラーに映っているような気がした。私たちはポルトー・プランスの北出口から、クロワ・デ・ミッションに向かう道を進んだ。

「本当は、ここから訪問を始めるべきだったんだけど。これから会う人はマンボなの。名前はね、アンドレア・シェイクスピア。あの詩人と同じ名前。アンドレアは昔、私の家で数年間働いていたお手伝いさんなの。私が十五歳の時に仕事を辞めて出ていったけれど、その後、私、何カ月も寂しかったのを覚えてる。彼女、今では有名なマンボになったらしいのよ。私の家にいた頃、「テテ、結婚を決めた時には、忘れずに私に会いに来るのよ。素晴らしいものをあげるから」って言ってたから、今日は来たの。どうにかして私をヴォドゥの神に守ってもらおうとしているらしくて。彼女には今日私たちが来るって言ってあるわ。それにしても、このことを知ったらギィが気を悪くすると思う？」と、テテは言った。

「きみの婚約者がどんなタイプのハイチ人だか知らないけど、もし私が彼だったら、この訪問に賛成するよ。だって、エジリ・フレーダ・トカン・ダホメイとポルトー・プランスの大司教から順番に祝福を受けられるなんてすばらしいじゃないか？」

「嬉しいこと言ってくれたお礼に、おじさんにキスしてあげる」

頬にキスしてくれたテテは、その後少しして左に曲がるよう合図をした。石ころだらけのでこぼこ道を私たちは進んだ。一キロメートル程小道を行くと、マンゴーの木やパンの木が爽やかな雰囲気を醸し出している数軒の家が見えてきた。家々のあいだには、赤や紫色のセイヨウキョウチクトウ、ハイビスカス、ブーゲンビリアが花を咲かせている。車から降りると、女らしい丸みを帯びつつも引き締まった体の女性がうれしそうに私たちの方へ来た。彼女は、ごく自然にテテにハグをした。

「アンドレア・シェイクスピアと言います」

「アンドレ・ドゥヴリエです。お目にかかれて光栄です」

自己紹介が済むと、私たちは藁葺屋根の建物に案内された。建物は広いベランダに囲まれていて、ベランダは絵が描かれた柱の上に建てられていた。ウンフォ〔ヴォドゥの寺院〕の秘密の部屋（バギ）〔ヴォドゥの寺院の祭壇〕の中に入ると、そこには広くて明るい部屋があり、奥の方に二つの祭壇とその上にはアーチ形のニッチがあるのが見えた。虹、ヘビ、銀の台座の上に立つ黒い十字架、カトリック聖人のカラーリトグラフ、鳥、蝶、花、様々な色の貝殻など、壁にはありとあらゆる種類の飾りがかかっている。他にも、がらがら、リキュールのボトル、シルクハット、松葉づえ、太鼓の総飾り、水差し、カナリア、小さい綿の芯に灯った明るい炎が揺らめいている油の容器など、儀式用の様々なオブジェが祭壇とは別の場所に置かれていた。天井からは、色とりどりのガラスでできたランプが吊り下げられ、灯火が煌々と燃え続けていた。

　私たち三人が祭壇の前で黙祷している時のことだった。まるで夢にでも出てきそうな人物が部屋に入ってきた。シェイクスピアは言った。

「皆さんに、狂気の愛の女王、エジリ・フレーダ・トカン・ダホメイをご紹介します」

　この神聖な女性は屈託のない笑顔を浮かべて頭を下げ、私たちもおじきを返した。彼女の顔は神秘的で、その繊細さは天使のようだった。ウエストが絞られたウェディングドレスと黄色い花が散りばめられた白いベールをまとい、金のブローチが胸元で輝いていた。耳には長いイヤリング、そして右手の人差し指に三つの指輪をつけた彼女のオーラは、私たちを包み込む四月の日曜日の空気をより一層穏やかにした。

　エジリは祭壇の一つからボウルを取り、中に入っていた灰で、床に彼女の神聖な家系に伝わる紋章を描いた。それは、ギザギザの線で縁取られたハートに二本の矢が突き抜けている形をしていた。このヴェヴェ〔ヴォドゥ儀式で使われる線上のデッサン〕と呼ばれる作業を終え、エジリは紋章に口づけをすると、私たちにも同じようにするよう言った。

「ここにいる方は、結婚の証人として祭壇までテレーズに付き添います」と、私の方を振り返りながらシェイクスピアは言った。

するとと驚いたことに、エジリは、まるで私にそんな役目をやらせるわけにいかないとでも言うかのように、首を何度か左右に振った。

「エジリ、あなたはこの男性が、我らが娘テレーズ・メリジエの結婚をつかさどることを望まないのですか?」と、シェイクスピアは聞いた。

女神は吹き出して大笑いした。そして、私に近づいてきたかと思うと、口に激しくキスをした。それから、彼女は私の服を脱がせ始めた。まずシャツと下着を取り、ベルトをはずすとズボンとパンツを脱がせた。しゃがんで靴とソックスも取り払った。一糸まとわぬ姿で立ち尽くす私は、シェイクスピア夫人に目で助けを求めた。顔つきが変わったマンボの瞳は純真さと喜びで大きくなっていた。私は勇気を出しテレーズ・メリジエの方も見てみると、体は驚きで動けなくなっていて唇と鼻が震えていた。エジリは、今度は彼女に歩みより、おなじように口を覆うキスをした。女神はゆっくりと、ブラウス、ブラジャー、ブルージーンズ、サンダル、パンティを脱がした。そして、手で私たちを向かい合わせにし、お互いの手を取らせた。目から嬉し涙がにじみ出て、視界をかすませた。私たちは恍惚状態にいた。

エジリとシェイクスピア夫人は、すぐに、蒸気の立ち上る大きな木の桶を持って来て、この魅惑の風呂に入るように言った。ナツメグ、ジャスミン、そしてシャンパンの薫りが部屋を満たし、それは私たちの興奮をいっそう高めた。二人の女性により私たちは顔、手、足、性器そして夢までもが浄められたのであった。

神聖な性交が終わると、シェイクスピア夫人は熱く香しい匂いの油の容器に親指を少し浸し、その指でテレーズ・メリジエの額、胸、腹そして恥骨部の上に十字を切った。私は額、胴、腹と睾丸の上で神の御加護を受けるサインをエジリから受けた。

二人の女性は、私たちの身体を乾かし服を着るのを手伝ってくれた。それから、私たちは愛情を込めて二人にお別れを言った。

車に入る前に、テレーズ・メリジエはまだ訪問していない家族のリストをバックから取り出した。そして、笑いながらそのリストを引き裂き、途中でばらまいた。空と大地から二重の祝福を受けて誕生した私たちカップルの上には、四月の陽が澄み渡るような輝きとなり降り注いでいた。

ジャクメルへの帰郷

ある土曜日の午後のことだった。メタル部分が光り輝く赤いオートバイに颯爽とまたがったエルヴェ・ブラジェ医師は、戦車でも近づいてきたかと思うような音を鳴り響かせながらジャクメルに到着した。そしてハイチの南西部にある小さい街を一回りした後、アルム広場でエンジンを止めた。そこには、彼のために父親がクリニックに改装してくれたばかりの家があった。ブラジェ医師は、パリの大学病院でインターン資格を得た初めてのジャクメル出身のハイチ人だった。父親のビュイックに乗ってくるのではと思われていたのに、ハーレー・ダビッドソンで故郷に帰ってきた彼の姿は、街の人々のひんしゅくを買った。少なくとも、タプタプで帰っていれば人々は彼を大目に見ただろう。そうすれば、若い医者がこのような乗り物を使う庶民、鳥や家畜と仲良くしていくつもりがあると考えたかもしれない。

このバイク乗りの若者の服装はさらなる怒りを買った。コーヒー輸出業者として名高いティモレオン・ブラジェの息子は、ゴルフパンツ、水玉模様の蝶ネクタイとサーモンピンクのシャツ、黒の靴下、ダークカラーのアビエーターサングラスに革の手袋という出で立ちだった。そこには、十年前に彼が街を去る時に人々が目にした、上品な仕草の勤勉な青年、真面目でエレガントなアスリートといった面影はどこにもなかった。

その晩、ジャクメルでは彼に対する批判が延々と続けられた。アルム広場のベンチだけでなく、家々においても彼への悪口が誰の口からも放たれた。どんなパリの病院のインターンだって、眼鏡とおそろいの靴下といった奇抜な格好でオートバイを走らせる人はいないと、人々は口にした。エルヴェ・ブラジェは、ピガールかロシュシュアールの裏道で、このような習慣を身につけたに違いない。その出で立ちは、学生時代の生活に関するうわさを裏付けている。たとえばある時、彼はロシア人の元バレエダンサーを追いかけてタンジールまで行ったらしい。タンジールからカサブランカに行った彼は、ドラッグのかどで投獄されたようだ。後にポーランドのある町で消息を掴まれた彼はピウスツキ司令官の姪にクレオール語を教えていたらしいが、一九三五年の冬にはリバプールで従兄のテオフィル・ゼルナヴが結成したオーケストラでクラリネットを演奏していたと言われ、その姿を人々は想像した。足跡は、その後、ニュージーランド貨物船の船倉の中で途絶えたが、六カ月後には、イタリアのリビエラ・パレスの厨房で見つかったとの知らせがあった。そして、このように医学博士というより曲芸師の風貌で何の前触れもなく生まれ故郷に帰ってきたというわけだった。

セシリア・ラモネ夫人のサロンに集まったジャクメルの名士たちは、ブラジェ家へ敬意を示して、もう少しエルヴェの様子を見ることにした。彼をかかりつけの医者とする患者が増えるまでの間、エルヴェは監視下に置かれることになった。

ブラジェ医師が街の人々の信頼を得るのに半年もかからなかった。インフルエンザ、百日咳、マラリア、胃潰瘍、ヘルニア、子宮筋腫、淋病、喘息発作、うつ病などを問題なく完治させてみせたからだ。サント・テレーズ病院は何度も彼を呼び出しては、その腕を試してみたが、彼はとても難しい手術を物ともせずにこなし、出産に関しては見事としか言いようがない程の腕前だった。

また、一市民としてのふるまいに関しても何の問題もなかった。ディディ・ブリファのエトワール・カフェでポーカーゲームをしている時も、当たり障りのない話をするだけで、パリ市立病院やフォリー・ベルジェールの思い出話などは全くしなかった。もちろん、アンリ・モンドール教授とはよくアペリティフを飲む仲だったことや、土日になるとノルマンディーでルイ・パストゥールの孫娘の腕に抱かれて過ごしたなんてことも自慢しなかった。

仕事でもプライベートでもジャクメルの日常に深く溶け込んだエルヴェ・ブラジェは、こうして街の住人の一人となり、闘鶏や浜辺での巨大な凧揚げにもよく顔を出した。参加者が犯罪者に仮装して参加するダンスパーティをオメール・ネポミュセーヌ弁護士会会長があちこちで企画していて、月末の金曜日には「オ・ラ・モール」という有名なダンスホールでそのパーティが開催されていたのだが、そんな場所でもブラジェ医師の楽しんでいる姿が目にされた。彼は貧しい人たちの洗礼式や結婚式、そして通夜や葬儀にも顔を出し、また彼のバイクが聖フィリップ&聖ヤコブ教会の横の入口近くに駐車されていることに街の人が気づいたのは一度だけではなかった。このバイク乗りの医者は、教会で絶えざる御助けの聖母（ノートルダム・ド・ペルペチュエル・スクール）と語り合ったり、バイクにまたがる医者に加護を与えてくれるよう幼子イエス（プチ・ジエズ・ド・プラーグ）にお祈りしたりした。

ある時、ブラジェ医師は、エクセルシオール・クラブの品の良いマダムたちから好きなテーマでの講演を頼まれた。そして、ある日曜日の朝、ジャクメルの教養人たちはこの開業医による「アメリカの習合信仰における民間に流布したシュルレアリスムの存在」について二時間にわたる講演を聞くことができたのだが、講演に魅了された聴衆の中で民間に流布したシュルレアリスムを「バロックなエロティシズム」という言葉で置き換えれば、講演者の突飛なメッセージをより正確に理解できただろう、と言っていたのはセシリア・ラモネ夫人のみだった。

ブラジェ医師が生まれ故郷に帰ってきてから八カ月後、地元紙『ガゼット・ド・シュッド・ウエスト』は、オメール・ネポミュセーヌ弁護士会会長の筆による、ジャクメルの人々の気持ちを代弁する記事を掲載した。

我々が住むこの詩人の街は、今やっとヒポクラテスに対する借りを返すことができると言えよう。この街にはパリ市立病院のインターンであるだけでなく、医学界の広い分野の専門家であり、また大胆な治療法にも精通している我らがブラジェ医者がいる。しかしながら、医師は自らが生まれ育った街に帰郷したばかりの頃は大いに苦労した。もしこれが彼ではなく他のアスクレーピオス〔ギリシャ神話に登場する名医〕の弟子であったならば、聴診器とメスをカバンに戻し、迷信に縛られ新しい時代についていけないジャクメルに別れを告げてしまっていたことだろう。（私たち「オ・ラ・モール」のパイオニアたちは、このあたりの事情を多少理解している。）事実、聡明な青年、ティモレオン・ブラジェのハーレー・ダビッドソンと派手なシャツだけで、市民の間には怒りの声が高まった。ところが、ブラジェ医師をさらし者にした人たちや、その常軌を逸する過去を捏造した人々こそ、巡り巡ってまさしく今日彼に感謝の念を伝えている人たちなのである。アスクレーピオスの放蕩息子は、科学者として少なくとも二つの才能を持っていることを示した……

注射の一件が起こったのは、ブラジェ医師の評判がこれほどの高みにあった時だった。ある木曜日の朝のこと、二日前から妻が片頭痛で寝込んでいるのを見かねたエミール・ジョナサは、急患でブラジェ医師に診察を頼んだ。この若い夫婦はサン・シールの洒落た二階建ての家に住み、ジョナサは一階に靴の工房を持っていた。美しい妻、エリカのベッド脇まで医者を案内し、二人を残して彼は部屋を出た。しかし三十分経っても、エリカの寝室から医者は出てこない。ジョナサは我慢できずに、手には作業用ハンマーを持ったままドア越しに中の会話を聞いてみた。

「息を吸ってください……もっと深く吸い込んでください……はい、結構です。痛いのはそこと……ここですか？　はい、息を止めて。では、ちょっと注射を打ちますね。これで全部治りますよ……」

嫉妬などしてしまったことを恥ずかしく感じながらジョナサが階段を降りようとしたその時、聞き覚えのある妻の歓喜の吐息が聞こえ、彼の生命の根底が揺さぶられた。

ジョナサはドアを打ち破って寝室に入ると、ブラジェ医師の頭をハンマーで数回殴った。医師は頭から血を流しながらも、なんとか階段を駆け下りバイクに飛び乗ると、救急車のように飛ばして病院に駆けこんで治療を受けた。しかし「オランジェ街道でのバイク事故」というブラジェ医師の説明は一時間ももたなかった。ブラジェ医師がジョナサ親方の妻に行っていた「膣内薬注入の為の回転型注射器」の実験現場に親方が踏み込んだ、という話がお昼前にはジャクメルの町中に知れ渡っていたからだ。

このようなスキャンダルがあったら、普通の男なら自分の診察室に閉じこもり、嵐が通り過ぎるのを待っていただろう。ところが、ブラジェ医師はいかにも最近、頭の外科手術を受けたかのように頭にはターバン状の包帯を巻きつけ、あちらこちらに姿を現してはバイク事故の状況について詳しく説明をするので、それには街の人々も驚いてしまった。

それから二カ月経った、ある日のお昼過ぎのことだった。一人の不良少年が仕立屋アドリアン・ラモネ親方の作業場にやってきて、話があると言った。少年は突然、ここ数日間、ラモネ夫人がブラジェ医師にひっきりなしに会いに行っていると親方に告げた。アドリアン親方は不良の頬を軽く叩くと、また作業に戻った。しかし、少ししてから口実を作って家に帰ってみると、ちょうど妻のドニーズ・ラモネも帰宅したところだった。

「こんな時間に、どこに行っていたのだい？」

「モン・シェリ。ひどい頭痛がしてね、心配になったから、急いでお医者さんに診てもらったのよ」

「それで、ネルヴァル先生は何と言ってたのかね？」

「私、ブラジェ先生のところに行ったの」

「いつから彼が我が家のホームドクターになったのだい？」

「あら、だって彼の方が家から近いじゃない」

アドリアン・ラモネ親方は妻を信じるふりをして仕事に戻ったが、翌々日の同じ時間にアルム広場に行き、古い木の陰にあるベンチに身を隠して待ってみることにした。ところが、誰ひとりブラジェ医師の家に入る様子がないので、帰ろうかと思ったその時、あの不良少年が現れた。

「ラモネさん、一昨日、僕はあなたにぶたれたけど、あれはどう考えても間違いです。ラモネさんのように父親として正直に生きる人を騙すのは間違っていませんか……奥さんは、庭の扉から出入りしているんですよ……」

アドリアン・ラモネは手で頭を抱えた。彼の中に殺意の薄明かりが灯り、感覚が乱れた。

「お前ならこの状況で何をするかい？」

質問している自分の声が聞こえた。

「僕だったら、他の美しい女性を選ぶでしょうね。ジャクメルには選択肢がたくさんありますし」

アドリアン・ラモネは立ち上がると走って家まで帰り、二つのスーツケースに自分の荷物を詰めた。若い男に手伝ってもらいながらドアまで来ると、息を切らしながらも心地よい疲労感で目を輝かせた妻ドニースが帰ってきたところだった。

「アドリアン、あなた、旅行にでも行くの？　一体どうしたの？」

「お前の二輪野郎をぶっとばしてやる、この雌犬め！」

「アドリアン、ちょっと待って！」

この新しいスキャンダルは、前回のスキャンダルよりも人々の噂の的になった。というのも、アドリアンはセシリア・ラモネの息子の一人だったのだ。セシリア・ラモネ未亡人は、今でも亡くなった夫の下の名前「セザール」で呼ばれることも多く、そんな未亡人はジャクメルに彼女しかいなかった。セザール・ラモネ将軍は街の歴史に名を残す人物だったからだ。ブラジェ医師に家族を侮辱されたと聞くやいなやセシリア・ラモネは怒りに狂った。曰く「ブラジェの金玉に解剖学の授業をしてやる」とのことだったが、仕立屋数人で必死に止めた。それでも彼女は巨大な裁断バサミを振り回しながら「このハサミなら使い慣れてるんだから」と叫び続けた。

夜になると、セザールことラモネ未亡人は、ブラジェ医師へ個人的に復讐するのではなく「一連の措置」を講じることで、「調子に乗ったモーターペニス」を終わらせることにした。カエサルよろしくラモネ夫人は、憲兵隊の大佐の口調でサロンに集合したジャクメルの名士たちに決定事項を読み上げた。第一条、ジャクメルの良家の女性は金輪際、ブラジェ医師の診療所に足を踏み入れてはならない。第二条、ヒポクラテスへの宣誓を卑劣に破ったブラジェ医師を、ジャクメルの名士の家に招いてはならない。第三条、エルヴェ・ブラジェはエクセルシオール・クラブから追放されることとする。第四条、知事は夕方五時から朝十時まで、いかなるオートバイの音も法令で禁止することとする。第五条、街のならず者に言って、この下劣な開業医のドアに次のように赤字で書かせること。

危険！　モーターペニスを乗り回すエルヴェ・ブラジェ医師に注意！

ブラジェ医師の逆襲は爆撃戦のようだった。まず立派なドアをきれいに掃除すると、ブロンズの板に次のように彫らせてドアに取り付けた。

エルヴェ・ブラジェ医師

婦人嗜好科医師

パリ市立病院のインターン！

次の金曜日に「オ・ラ・モール」に集まった街の人々は狂ったように踊り、まるで何かにとり憑かれたかのようにメレンゲダンスをしながら、世界に向けて自分の婦人嗜好を宣言した男を祝った！　それ以来、セシリア・ラモネ未亡人は影をひそめたものの、怒りは収まらず、地元で有名な呪医オキル・オキロンに頼んでブラジェ医師に呪いをかけてもらおうと相談に行ったりした。

サイクロン・ベサベが島で猛威をふるった時をきっかけに、ブラジェ医師は人の上に立つべくして生まれてきた人物だと誰もが信じるようになった。彼は数百人にもおよぶ災害犠牲者を励まし避難させ、感染症の流行を避けるための衛生措置も指示した。バイクで道なき道を走っては冠水した場所まで行くブラジェ医師を目にした人々は、彼のバイクは実は水陸両用で、川が増水して渡れない時には空を飛ぶことすらできるなどという噂をした。

サイクロンが去り、ジャクメルの海にもアルム広場にも平和な静けさが戻った。それはブラジェ医師の謎に悩まされていた人々の心も同様だった。そんな穏やかさは、その年の終わりまで続いた。

アルム広場の東にはサント・ローズ・デ・リマの修道院と修道女学校があった。教育と精神的な高みを分かちあうために遠くから来た修道女たちを、ジャクメルの街は歓迎していた。中でもシスター・ナタリー・デ・アンジュは献身的で優しく、その信仰心は喜びに満ちていると街の人々から特に愛されていた。彼女はもう一つの天分を持っていた。それは彼女の歌声で、聖フィリップ＆聖ヤコブ教会の聖歌隊に素晴らしい旋律をもたらした。オメール・ネポミュセーヌ弁護士会会長は、『ガゼット・ド・シュッド・ウエスト』に「神の手で磨かれた小石の上を流れる純水のようなグレゴリアの声」と描写し、その声を聞くためだけにミサに通っていた。

ある日曜日の夜、シスター・ナタリー・デ・アンジュはひどい状態で晩課の祈りから戻った。悪寒で歯をガタガタさせ、全身が衰弱していて、真夜中には熱が四十度以上にもなった。女子修道院長は、長い時間祈った後でアルム広場を横切ってブラジェ医師を呼びに行き、病人の枕元に連れてきた。ロザリオを手にひざまずき見守っていた六人くらいの他のシスターの前で、彼は限りない細やかさで診察すると、診断結果を伝え、治療法を指示した。三日後には講義を再開することができたシスター・ナタリーは、お昼休みにこの名高い医師に個人的にお礼を伝えに行った。三カ月後、女子修道院長はジャクメル教区の司祭ナエロ神父に、シスター・ナタリー・デ・アンジュはブラジェ医師の子を宿している旨を告げた。そしてシスターは、次のヨーロッパ行きの貨物船にこっそりと乗せられた。この不幸な秘密が漏れることはなかったものの、ジャクメルの人々はシスター・ナタリー・デ・アンジュが急にいなくなったのには、何か問題があったからなのではと感じた。ブラジェ医師は遠くからでも好きな女性を妊娠させることができるとか、彼のバイクのライトには「受胎光線」が付けられていて、若い娘や少女たちのグループとすれ違う際に、それを恥骨に浴びせかけると一瞬で洋服や処女膜を突き抜けるとか、街の人は思い思いに想像を巡らせた……

ジャクメルはこのような状態で聖週間を迎えた。この一年間スキャンダルだらけだった街は、まるで深淵の縁に落ちたようだった。そこでナエロ神父は説教壇でこう話した。ジャクメルの街は住民の罪の犠牲となっている。そんな時こそ、受難の詩の物語の中でもっとも大切な聖金曜日を行なう必要があるのだ、と。聖フィリップ&聖ヤコブ教会の神父は、例年に比べてより苦しみの多かったキリストと共に十字架の丘に登るよう、ジャクメルの人々に言った。悪の車輪で汚れてしまったジャクメルの道こそ、救いの神秘を分かち合うべきだというのであった。

十字架の行列は三時に教会を出発した。ジャクメルの北の小高い部分がオリーブ山の受難劇を象徴することになっていた。街の荷揚場で働く男が重い木製の十字架を運ぼうとすると、エルヴェ・ブラジェ医師が突然飛び出してきて、その若い肩に十字架を背負った。黒いゴルフパンツを履いたブラジェ医師は、かつて異端審問で火炙りの刑になった人々がかぶっていたという、サン・ベニトと呼ばれる黄色の帽子をかぶっていた。帽子はカリブ海のライオンのごとく太陽の下で輝いていた。十字架を背負っているのが誰かを見た群衆からは叫び声が上がり、瞬時に受難劇が始められた。男も女もブラジェ医師に唾を吐きかけ、子供は小石を投げつけた。怒り狂った人々は言葉でも医師を侮辱した。誰かが有刺鉄線で王冠を作り彼の頭の上に置くと、ブラジェ医師は地面に倒れてしまった。それを見た群衆は聖金曜日の賛美歌を口ずさんだ。医師は立ち上がった。汗にまみれ耳からは血を流し、口は半開きでまるで別人のようになった彼の表情には輝きさえ見えた。

　ブラジェ医師が次に倒れたとき、群衆の興奮はますます高まった。「この人を見よ（エッケ・ホモー）」と叫ぶ人もいれば、前にもまして下品な言葉を医師に浴びせる人もいた。靴屋のエミール・ジョナサが肘と肩で周りを押しのけ医者に近づこうとすると、場面は熱狂した。ジョナサの手にハンマーと巨大な釘があるのを見てセシリア・ラモネが叫んだ。

「本当に十字架にはりつけにしなさいよ！」

「そうだ、はりつけにしろ！」他の人々も言った。

　しかし、ブラジェに追いつくとジョナサはハンマーと釘を足元に投げだした。そして十字架を一緒に運ぼうと控えめに申し出た。

「キレネのシモン〔イエスの十字架を担いで歩いたことで知られる新約聖書の登場人物〕万歳！」

「義人サイモン〔紀元前三世紀のエルサレムの第二神殿の大祭司〕！　この人を見よ（エッケ・ホモー）！」人々があちこちで叫んだ。

目に涙を浮かべている人もいたが、石や腐った卵と一緒に侮辱の言葉も雨のごとく降り続いた。聖域へと続く険しい海岸沿いで、ブラジェ医師は五回続けて倒れた。ジャクメルで美しいと評判の少女たちの内の数人が来て、精根尽き果てた医師の目と耳を上質な木綿のハンカチで拭いてあげた。少女の一人があまりにも優しさを込めて拭いてくれたので、罰せられた子供の無実を証明するかのように、慈悲の薄明りがブラジェの顔から苦しみと罪の神秘を消し去った。突如として現れたこの純真さが、それまで群衆に罵声を浴びせられていたエルヴェ・ブラジェ医師を別人にした。こうして、ブラジェは十字架を置くことになっていたゴルゴダの丘までの最後の数メートルを歩き終えた。人々は聖金曜日の賛美歌をまた歌い始めた。カリブ海の息吹と混じりあった歌声は、ゴルゴダの丘に穏やかな空気をもたらした。

その夜の十時三十分のことだった。マドレーヌ・ダコスタが帰宅していないというニュースが森林火災のように街中に広まった。聖金曜日の行列が終わる頃、友人たちと一緒に彼女の家がある低地の高級住宅街に向かっているのを見た人はいたが、いつ友人と別れたのか、どこに行ったのかは謎だった。陽の光、疲れ、信仰心で満たされた街の人々は足早に帰宅してしまったからだ。マドレーヌ・ダコスタは十七歳だった。彼女が歩き、泳ぎ、馬に乗り、食べ、踊り、何かを拾うためにかがみ、階段を降りる姿を見れば、少なくとも半世紀の間はファム＝ジャルダンとして過ごせる運命であることが見てとれた。聖金曜日の行列では、イエスの苦しみに最も強い慈悲を示したのが彼女であった。

一方、セシリア・ラモネは、自分の名付け子であるマドレーヌ・ダコスタが失踪したと聞いた時、まさかブラジェ医師のベッドの中にいるのでは、と最悪の事態を想像した！　血の気が失せたラモネ未亡人はアルム広場に向かった。既に外は暗くなっていた。ブラジェ医師の診療所の近くまで行くと、中庭に医師のバイクが駐車されているのが見え、それから、懺悔服を着たままゆっくりとベランダを歩くブラジェ医師も目にした。彼女は深呼吸をして、すぐにマドレーヌの母親で自分の友人でもあるジェルメンヌを安心させに行った。ジェルメンヌは額に湿布を貼り、長いすに横たわっていた。

ダコスタ家は、友人、隣人、野次馬であふれかえっていて、まるで通夜のようだった。皆、マドレーヌ・ダコスタは自殺なんかしたり、危険なことに巻き込まれるような子ではないと、繰り返し話していた。聖金曜日の夜に失踪するなんて、謎以外の何物でもないわ。このように、セシリア・ラモネは人々に言い聞かせた。しかし、夜の十二時になると彼女は意見を変えた。突如として椅子から立ち上がったセシリア・ラモネは、こう叫んだ。

「私の名付け子、マドレーヌ・ダコスタは危険にさらされています。私、セザールが言うのだから間違いありません！」

そう言うやいなや、彼女は首のまわりにショールを巻いた。これほど確固たる態度でこの動作をしたのは一九二二年以来だった。彼女は司祭館に駆け付けると、ナエロ神父に警鐘を鳴らすよう頼んだ。十五分後には、セザールことセシリア・ラモネは、憲兵や数十人の消防士、大勢のボランティアを率いて先頭に立っていた。彼女はメイエールとオランジェのリゾートも含め、ジャクメルにある全ての家を一軒一軒、捜索することを提案した。

ジャクメルの街は徹底的に捜索された。名士の家々でも、娼家の女将、売春婦、ごろつきの家と同様に、ドアや棚、トランクを開けさせられた。

プティット・バットリーにあるキリスト教教育のための修道士会の施設も捜索対象になり、また、午後のキリストの姿とシスター・ナタリー・デ・ザンジュを破滅させた男を、どうしても結びつけてしまうサント・ローズ・デ・リマ女子修道院も同様に捜索された！

朝の三時ごろになっても捜索の結果は一向に出なかったが、オメール・ネポミュセーヌ弁護士会会長が長い間忘れられていた伝説について話すと、それが街に広まった。彼によると、キリストの受難劇の神秘を忘れて聖金曜日に快楽に溺れる男女は、長きに渡りお互いの体に貼りついたままでいる運命だという。二人の間には肉の結び目が形成され、教皇のストラでさえ元に戻すことができない呪われた臍が作られる、と。

そうこうしているうちに太陽はこの物語の上に昇る。マドレーヌ・ダコスタの足跡を追っても甲斐がなく、人々は疲れて家に帰っていった。利己的な人は、いずれにしても、マドレーヌはもう大きいのだし、神から授かった素晴らしい庭の責任を持てるだろうからと言ったが、セシリア・ラモネはそうは思わなかった。彼女の中にひそむセザールは警戒しつつも、マドレーヌは見つかるという確固たる希望を持っていた。ラ・グロスリーヌ川に平行して走る道を進みながら、セシリア・ラモネは自分の足で立っているのがやっとな状態だった。その時彼女は、遠くにぽつんとある、マンゴーの木々に覆われた小さな家に気づいた。

「あそこに行きましょう」と彼女はナエロ神父に言った。

一分くらい進むと、セシリア・ラモネは立ち止まった。目が何かに釘付けになっていた。

「あれが見えますか、神父さん。生垣の奥で何か金属が光っていませんか？」と彼女が聞くと、

「どこだろう？　何も見えませんが」と司祭は答えた。

「私には見えるわ」彼女は走りながら言った。

彼女は小道から外れ、バナナ畑の中を進んだ。百メートルくらい行くとエルヴェ・ブラジェ医師のバイクが見えた。生垣の陰に駐輪されていたが、それでもマフラーの端がはみ出ていた。

セザールことセシリア・ラモネは小屋のドアにまっすぐに向かい、勢いよくノックした。

「どなたですか？」男の声が言った。

「私はあなたが誰だか分かります。イスカリオテのユダ。ドアを開けなさい！」と、セザール・ラモネは命じた。

「鍵は開いていますよ」と、男は言った。

セシリア・セザール・ラモネはドアを押し開け、他の者に外で待つよう手で合図した。二人の恋人は隣同士に裸で横たわり、まだ夜の魔法とつい今しがたのオルガスムの魔法にかかっていた。セシリア・セザール・ラモネは急いでシーツを投げつけたが、それをエルヴェ・ブラジェは払い除けた。

「起きなさい、マドレーヌ。家に帰るわよ」とセザールが言った。

「おばさんには関係ないでしょう。エルヴェと私の栄光の土曜日は始まったばかりなのよ！」

と、マドレーヌは言った。

　聖週間に愛し合った二人は、その日の内にバイクで街を去らなければならなかった。二人がいるところを、ジャクメルで再び見られてはいけないからだ。新しい伝説はすぐに作られた。その伝説によると、セシリア・セザール・ラモネとナエロ神父が、川のほとりの小さな家に行ったが誰もいなかった。部屋には、魅惑されたカップルの愛の戯れの様子が残る、乱れたベッドがあった。セシリア・セザール・ラモネが愛し合った二人の跡をくまなく辿ると、ほどなくベッドの下に女のセックスと男のセックスを発見した。たがいに驚嘆したのちに、彼ら自身究極的な素晴らしいバトルに耽っていた。ナエロ神父はこの奇跡の前でひざまずいた。しかし、証人の前で一瞬お互い見つめ合った後に、二つのセックスは一対の翼に変わった。この一羽の鳥は、ジャクメルの土曜日の抜けるような青空へ向かって悦びに満ちた様子で飛んでいった。十年に一度、このゴクラクチョウは恋人たちの小道にあるチーズ工場に羽根を休めに来るという。そこを通っていくと、突然アルム広場が出現し、広場からはカリブ海と世界中で永遠に作られそして壊されていく夢の潮流を見下ろせるらしい。

訳者あとがき

読んでいただければ分かる通り、エロスが充満する短篇小説集である。ここに、ハイチのヴォドゥ（ヴードゥー教）文化と現代エロス文学の鮮やかな交差を見ることができる。だが、この作品集にはもう一つの隠れた次元がある。亡命文学という次元である。舞台はハイチから始まって、順にパリ、リオデジャネイロ、ハバナ、そしてまたハイチに戻っている。これは気まぐれな発想の結果ではなくて、著者が現実にたどった亡命生活の足取りなのである。中にナッシュビルの話があるが、アメリカ合衆国に長く滞在したことはなさそうなので、この作品だけは少し違った位相にあるのだろう。

ルネ・ドゥペストルとは、いったい誰なのか。最小限いえることは、現代ハイチ文学を代表する作家の一人だということである。数奇といえば数奇な人生を送った人で、若い時に亡命を強いられ、主に政治的な理由から世界各地を放浪し、五十歳を越えてからフランスに安住の地を見出している。

一九二六年八月二十九日、ハイチ南西部のジャクメルの生まれである。ジャクメルは、コーヒーの積み出し港として十九世紀半ば頃から二十世紀の初めにかけて繁栄した港で、いまでも町並みにその面影が残っている。十歳の時に調剤師だった父を失ったため、首都ポルトー・プランスの祖母の家に預けられた。その後、母も首都に転居すると、再び一緒に暮らしている。一九四二年にキューバの詩人ニコラス・ギレンが彼の学校を訪れて親しくなり、その前後から詩を書くようになったようだ。四四年、十八歳の時には、ピエール・マビーユの計らいでマルティニックから来た詩人エメ・セゼールのセミナーに参加、強烈な印象を受けている。最初の詩集『火花』を十九歳で出して成功をおさめ、仲間と週刊の雑誌『ラ・リューシュ』(「蜜蜂の巣」ないし「蜂の群」の意)を発刊する。シュルレアリスムと革命を説く雑誌は予想を越えた反響を呼び、ハイチを訪れたアンドレ・ブルトンの講演を掲載した号が発禁処分をうける。しかし、それが一種の革命の導火線ともなり、ゼネストの中でドゥペストルは一時的に逮捕されるものの、時の大統領エリー・レスコを失脚させるに至っている。大統領選挙では学生たちが推すデュマルセ・エスティメが当選するが、その過激な政治思想を警戒した政府は、ドゥペストルを給費留学生としてパリに送り出すのである。

体よく母国から追い出されたドゥペストルは、しかし、フランスでも政治的に招かれざる人物となり、チェコに亡命、さらにはキューバ、チリ、ブラジルなどを転々とする。一九五九年にキューバに革命政権が誕生すると、ニコラス・ギレンとチェ・ゲバラの招きでハバナに向かい、そこでは比較的長く留まることになる。しかし、一九七〇年代になって作家エベルト・パディージャが投獄されるとキューバのスターリン主義を批判し、キューバ政府との間に溝が生じるようになる。『ハイチ女へのハレルヤ』の第一稿が書かれたのは、この時期だった。一九七八年に共産党から正式に離党し、以後はフランスの南部に居住している。

話は前後するが、詩集『火花』出版については、若い頃のルネ・ドゥペストルを彷彿とさせるエピソードが残っている。この詩集を是非とも出したかった彼は、まだリセの生徒だったが、原稿を抱えて国立印刷所に乗り込んだのである。国立印刷所とはいうまでもなく紙幣を印刷する機関だが、当時ハイチで、唯一まともな印刷・出版ができる所だった。向こう見ずなルネ・ドゥペストルは、所長のダニエル・バヤールに面会を求め、予約販売によって百五十ドルから二百ドルの資金を集めれば印刷してやるという約束をとりつける。そこで当時の有名人・有力者に次々に会いに行ったが、一人として断る者はいなかったとドゥペストルは後に回想している。こうして当時の高校生としては大金を集め、ガリマール社の装丁をまねた詩集を出版するのである。

「私は、革命家である以前に、ランボーとロートレアモンの弟子であり、反逆者だった」と言うドゥペストルの人生は絶えざる高揚と挫折の連続と言ってよいが、しかし骨の髄から楽天家の彼は、革命家ともなり、小説家ともなり、ヨーロッパとカリブ海、そしてラテン・アメリカを舞台として危険な橋を一度ならず渡り、ルイ・アラゴン、エルザ・トリオレ、パブロ・ネルーダ、ジョルジ・アマードら、多くの著名な文学者と交友をもつ一方、キューバ時代にはカストロ政権の外交使節として東側諸国に派遣され、毛沢東、周恩来、ホーチミンとも面会している。ついでに言っておけば、最初の黒人カナダ総督と言われ、現在、フランコフォニー国際機関事務総長ミカエル・ジャンは、彼の姪（カナダ・ケベック州に渡った彼の妹の娘）である。このような人生をどのように評すればよいのか、言葉を失ってしまうが、ただ、ドゥペストルの言葉に戻れば、彼は、なによりも詩人なのである。フランスで国外退去処分を受け、チェコではスパイ嫌疑でスターリン主義の理不尽な扱いを受け、唯一希望を見出したキューバ革命にも裏切られ、当時の西側陣営からも東側陣営からも排斥され、世界に自分の居場所がなくなってしまう苦境の体験は、深い挫折感を与えたに違いなく、本書のような小説は、そうした人生への回答なのかもしれない。

本書は一九八二年にガリマール社から出版されている。原題は、*Alléluia pour une femme-jardin* であるが、femme-jardin によい訳語が見つからず、本書の内容がひと目で分かるように『ハイチ女へのハレルヤ』とした。ルネ・ドゥペストルの官能性は陰湿なところがない。そのため「太陽のエロティスム」とも評されている。本書は社会制度の抑圧的性格に反抗するようなエロスを謳歌するだけでなく、話の展開が突飛であったり、非現実的な世界へ接続したりするが、そこにシュルレアリスムを見ることができるだろう。しかし、それ以上に「魔術的リアリズム」ないし「驚異のリアリズム」を読み取ることもできる。周知のように「驚異の現実（レアル・マラビヨーサ）」を唱えた小説家にアレホ・カルペンティエルがいるが、彼は一九四三年にハイチを訪れて、そのヴォドゥ的世界に新たな現実認識様式を見出した。『この世の王国』や『光の世紀』（共に水声社刊）がハイチの黒人反乱・革命をテーマにしているのは偶然ではない。「カルペンティエルは、ハイチがアメリカの驚異のリアリズムの揺籃地であることを、我々に教えてくれた」と、ドゥペストルは言う。「驚異」を追求した作家としては、ドゥペストルの『ラ・リューシュ』時代からの無二の友人、小説家ジャック＝ステファン・アレクシがいるが、ハイチ的「驚異のリアリズム」がこれまで日本にほとんど紹介されてこなかったのは残念としか言いようがない。

本書を是非とも訳してみたいと思ったのは、冒頭の「ハイチ女へのハレルヤ」が少女と魚の悲恋を一つの核にした見事な作品に仕上がっていることに、驚きと称賛の念を抱いたからである。この民話は、小泉八雲ことラフカディオ・ハーンがマルティニック滞在時に採集してもいる。幸いにも講談社学術文庫『クレオール物語』の中に、西成彦氏によるクレオール語からの翻訳で収録されているので、そちらもあわせて読んでいただきたい。ハーンの記録したクレオール民話と、ドゥペストルの独特の語り口によるヴァージョンに出会うと、マルティニックとハイチを結ぶカリブ海の群島的想像空間が不意に可視化されてくる。その感動を伝えたかったのだが、他の仕事のために翻訳になかなかとりかかることができず、水声社の鈴木宏社主にはご迷惑をおかけしてしまった。にもかかわらず、本書の出版を実現してくださったことに、この場を借りて深くお礼する次第である。また、丁寧に私たちの訳稿を見てくださった廣瀬覚氏に、そしてまた二〇〇四年にドゥペストルが来日した際に私に紹介してくださった恒川邦夫氏にも心より謝意を表したい。ちなみに、その時の京都訪問をドゥペストルは詩にしていて、それを恒川邦夫氏と真田桂子氏に捧げている。

本書の翻訳作業は、次のように分担されている。

「ハイチ女へのハレルヤ」——立花英裕

「山のロゼナ」「ジョルジーナの水浴」「白い影のニグロ」「ナッシュビルへ向かう救急車」「地理的放蕩学の回想」——後藤美和子

「夕立」「ティスコルニアの婚礼」「ご挨拶」「ジャクメルへの帰郷」——中野茂

それぞれの翻訳が一通りおわった段階で、ある程度の訳語の統一を図り、不明な箇所をお互いに検討した。また、立花が二度ほどハイチを訪れ、ジャクメル現地調査による資料を蓄積していることから、本書全体の訳文調整の任にあたった。とはいえ、おもわぬ誤訳などがあるかもしれない。その責任は立花にもあることをお断りしておきたい。

小説は、既に述べたようにルネ・ドゥペストルの多彩な創作活動の一部にすぎない。しかし、ルノドー賞受賞の長編小説『私の夢を千々に変転させるアドリアナ』と共に、本書はもっとも成功した作品でもある。二十世紀の混沌を生き延びた詩人が到達した一つの境地を楽しんでいただければ幸いである。

訳者を代表して　立花英裕

著者／訳者について——

ルネ・ドゥペストル(René Depestre)　一九二六年、ハイチのジャクメルに生まれる。詩人、作家。若くして政治活動に身を投じ、世界各地を転々とする。その後フランスに移り、執筆活動に専念。本書のほか、主な著書に、『火花』(*Étincelles*, 1945)、『私の夢を千々に変転させるアドリアナ』(*Hadriana dans tous mes rêves*, Gallimard, 1988、ルノドー賞受賞)、『ポパ・シンガー』(*Popa Singer*, Éditions Zulma, 2016) などがある。

＊

立花英裕(たちばなひでひろ)　一九四九年、宮城県に生まれる。早稲田大学大学院文学研究科博士課程満期退学。現在、早稲田大学教授。専攻、フランス語圏文学。主な著書に、『21世紀の知識人』(共編著、藤原書店、二〇〇九)、訳書に、ピエール・ブルデュー『国家貴族』(藤原書店、二〇一二)、ダニー・ラフェリエール『吾輩は日本作家である』(藤原書店、二〇一四) などがある。

後藤美和子(ごとうみわこ)　一九六四年、埼玉県に生まれる。早稲田大学大学院文学研究科博士課程満期退学。詩人。現在、早稲田大学非常勤講師。専攻、二十世紀フランス文学。主な著書に、『極地』(詩集、書肆山田、二〇〇三)、訳書に、『ダダ・シュルレアリスム新訳詩集』(共編訳、思潮社、二〇一六) などがある。

中野茂(なかのしげる)　一九六六年、群馬県に生まれる。パリ第八大学博士課程修了(文学博士)。現在、早稲田大学高等学院教諭、早稲田大学非常勤講師。専攻、フランス文学。主な著書に、『近代フランス小説の誕生』(共著、水声社、二〇一七) などがある。

装幀——宗利淳一

ハイチ女へのハレルヤ

二〇一八年六月一〇日第一版第一刷印刷　二〇一八年六月二〇日第一版第一刷発行

著者――ルネ・ドゥペストル

訳者――立花英裕・後藤美和子・中野茂

発行者――鈴木宏

発行所――株式会社水声社

東京都文京区小石川二―七―五　郵便番号一一二―〇〇〇二

電話〇三―三八一八―六〇四〇　FAX〇三―三八一八―二四三七

［**編集部**］横浜市港北区新吉田東一―七七―一七　郵便番号二二三―〇〇五八

電話〇四五―七一七―五三五六　FAX〇四五―七一七―五三五七

郵便振替〇〇一八〇―四―六五四一〇〇

URL : http://www.suiseisha.net

印刷・製本――精興社

ISBN978-4-8010-0339-2

乱丁・落丁本はお取り替えいたします。

【最新刊】
デルフィーヌの友情　デルフィーヌ・ド・ヴィガン
二三〇〇円
欠落ある写本　カマル・アブドゥッラ　三〇〇〇円
石蹴り遊び　フリオ・コルタサル　四〇〇〇円
テラ・ノストラ　カルロス・フエンテス　六〇〇〇円
リトル・ボーイ　マリーナ・ペレサグア　二五〇〇円

【フランス文学】
ステュディオ　フィリップ・ソレルス　二五〇〇円
傭兵隊長　ジョルジュ・ペレック　二五〇〇円
眠る男　ジョルジュ・ペレック　二二〇〇円
煙滅　ジョルジュ・ペレック　三二〇〇円
美術愛好家の陳列室　ジョルジュ・ペレック
一五〇〇円
人生使用法　ジョルジュ・ペレック　五〇〇〇円
家出の道筋　ジョルジュ・ペレック　二五〇〇円
Wあるいは子供の頃の思い出　ジョルジュ・ペレック
二八〇〇円
ぼくは思い出す　ジョルジュ・ペレック　二八〇〇円
秘められた生　パスカル・キニャール　四八〇〇円
骨の山　アントワーヌ・ヴォロディーヌ　二二〇〇円
１９１４　ジャン・エシュノーズ　二〇〇〇円
エクリプス　エリック・ファーユ　二五〇〇円
長崎　エリック・ファーユ　一八〇〇円
わたしは灯台守　エリック・ファーユ　二五〇〇円
家族手帳　パトリック・モディアノ　二五〇〇円
地平線　パトリック・モディアノ　一八〇〇円
あなたがこの辺りで迷わないように　パトリック・モディアノ　二〇〇〇円
赤外線　ナンシー・ヒューストン　二八〇〇円
草原讃歌　ナンシー・ヒューストン　二八〇〇円
モンテスキューの孤独　シャードルト・ジャヴァン
二八〇〇円
涙の通り路　アブドゥラマン・アリ・ワベリ
二五〇〇円
バルバラ　アブドゥラマン・アリ・ワベリ　二〇〇〇円

［価格税別］